火　垂　る　の　墓

萤火虫之墓

〔日〕野坂昭如 著

施小炜 译

南海出版公司

新经典文化股份有限公司
www.readinglife.com
出　品

目 录

萤火虫之墓

清太蜷曲着后背，靠在省线[1]三宫站内海滨一侧那瓷砖剥落殆尽、水泥裸露无遗的柱子上，屁股贴紧地面，两脚笔直地戳向前去。尽管饱受阳光灼晒，且近一个月不曾洗过澡，枯瘦的面颊却一味地沉陷入苍白。到了夜间，他便眺望那个大概是因为心情亢奋，宛如山贼般焚烧篝火、高声骂娘的莽汉的剪影；早晨则茫然注视络绎不绝走过身畔的学生们的脚丫子大军：穿土黄校服背白包袱的是神户一中的，背双肩书包的则是市立中学的；县一、亲和、松荫、山手等女校学生则着清一色的扎脚裤，上身是水手服，其区别全看衣领形状。不曾留神者则罢，那些偶然垂目或察觉到异臭的人，会忙不迭地纵身跃开，避让清太。而清太连爬到近在咫尺的厕所的力气，都已然没有了。

每一根柱子前都坐着一个流浪儿，仿佛是将这三尺见方的粗柱子当作了亲娘。他们聚集到车站来，不知是因为此处乃是唯一许可他们进入的场所，是出于对总群集于此的人的依恋，还是由

---

① 即铁道省经营的铁路。

于这里有水可喝或有人心血来潮会施舍。

进入九月份之后，三宫高架铁道桥下的黑市即告开张。首先是有人将砂糖溶化在开水中，装在汽油桶里，一杯卖五毛钱。然后，商品除蒸山芋、芋头粉团子、饭团子、大福团子、炒饭、年糕红豆汤、馒头、乌冬面、天妇罗盖饭、咖喱饭，又增加了蛋糕、大米、麦子、砂糖、天妇罗、牛肉、牛奶、罐头、鱼、烧酒、威士忌、梨子、酸橙，甚至高统胶靴、自行车内胎、火柴、香烟、胶底短布袜、尿片、军用毛毯、军靴、军服、半长靴，应有尽有。刚刚有人将今天早晨老婆塞进包里的麦饭连同铝制饭盒一道掏出来，叫道："哎，十块钱啦，哎，十块钱啦。"便见另一人单手将穿旧了的短靴挑在手指上喊："二十块钱咋样，二十块啦。"

清太被食物的香味吸引，心中茫然无措。此前他把在防空壕的积水中浸泡得颜色褪尽的长和服衬衣、衣带、和服衬领、丝质腰带等妈妈遗留下来的衣物，卖给摊开一张草席便算开店营业的旧衣贩子，好歹吃了半个月。继而人造棉的中学校服、绑腿、鞋子都逐一消失了踪影。总不能连裤子也卖掉吧。犹豫不决之间，清太已养成了在车站过夜的习惯。

一副从战时疏散地来的学生模样的少年，将头巾规规矩矩地叠好，搭在帆布袋上，肩上的背囊如同挂满彩旗的军舰一般吊着饭盒、水壶、钢盔。他与家人既然已经抵达目的地，便将一颗悬着的心放了下来，如释重负般把串成条的蒸糠团子抛过来，那些大约是预备在火车上应急的。也有复员士兵出于同情、家有年龄相仿的孙子的老奶奶出于怜悯，人人都像供佛似的在稍远处悄悄放下吃剩的面包或是一把炒豆子，像清太这样的流浪儿便满怀感激地收下。有时清太会遭站员驱逐，不想立在检票口站岗的宪兵反而挥掌将站员击退，回护清太。唯有水，是要多少有多少，于是清太便在这里落地生根，半个月之后，就瘫痪于此了。

严重的腹泻经久不愈，清太在柱子与站台的厕所之间疲于奔命。一旦蹲下去，起身时两腿便颤抖不已。他用身体抵住把手脱落的门扉站起来，走路时则要用一只手扶着墙壁。如此一来，他便好似瘪掉的气球，无须多久就后背靠在柱子上，一动也不动了，连腰板都直不起来。但腹泻却毫不留情，照样来袭，眼见着屁股周围的裤子染成了黄色。狼狈的清太羞愧无比，满心想逃开，身子却动弹不得，只好用手将地上稀疏的沙粒和尘土刮拢过来，糊在裤子上，试图将颜色遮住。然而手臂所及的范围可想而知，或许旁人见了，还以为是饿得精神错乱的流浪儿在玩弄自己的粪便。

甚至已经没有了饥饿，没有了焦渴，清太沉重的脑袋垂下来，抵在胸前。

“哇，脏死了！”

“已经死掉了吧？”

“美军马上就要来啦，奇耻大辱啊，让这种人待在车站里！”

唯有一双耳朵依然还活着，分辨得出各色各样的声音：穿过站内的木屐声，驶过头顶的列车的轰隆声，忽然开始奔跑的脚步声，幼儿呼唤妈妈的叫喊声，就在近旁唧唧喳喳的男人的说话声、站员将铁桶粗暴地摔在地上的响声……

忽然安静下来，已然是夜间了。“今天是几号？”几号？究竟过去了多少天？待到清太回过神来，眼前是一片水泥地，自己依旧保持着坐时的姿势，蜷曲着横倒在地面上——此前竟丝毫不曾意识到这些。清太紧紧地盯着地上随着他微弱的呼吸抖动的灰尘，心里想：到底是几号呢？到底是几号呀？

清太就这样一心惦记着此事，停止了呼吸。

《战时孤儿保护对策纲要》获得批准的第二天，即昭和二十年（1945）九月二十一日深夜，站员战战兢兢地检查着清太那爬满虱子的衣服，在腰围子里找到一个小水果糖罐。站员想把那盖子打开，可大概是锈死了，盖子纹丝不动。

“这是个啥玩意儿？”

“甭管是啥玩意儿，扔掉不就得了。”

“这边这小子，眼看就要不行了，眼睛却睁得跟铜铃一样，可不好办哪。”

其中一人俯身注视着清太尸体旁边一个更年幼的流浪儿说。那孩子脸朝下，连草席都没盖一张，放在清太尸体边上，等待区政府派人来领走。水果糖罐似乎不便处理，摇一摇，发出咣啷咣啷的声响。站员轻轻一挥手，把它扔进了站前黑暗中业已杂草丛生的焦土上。落下去时，那盖子摔开了，白色的粉末抛撒出来，还掉下来三块小小的骨头碎片。栖宿在草丛中的二三十只萤火虫受到惊吓，闪烁着慌慌张张地飞来飞去，未几，重又平静下来。

白色骨头是清太的妹妹节子的。八月二十二日，她死于西宫满池谷的防空坑道中，死因被判为急性肠炎。其实她虽已四岁，却连腿和腰都挺不直，仿佛睡熟一般死去了——跟她的哥哥一样，应该是营养失调导致衰弱而死。

六月五日，神户遭到三百五十架 B-29 轰炸机的轰炸，葺合、生田、滩、须磨以及东神户五区悉数被夷为平地。中学三年级[①]学生清太被动员参加劳动，到神户钢厂去干活。这一天是节电日，清太正在御影海滨附近的家中待命，听见防空警报大作，便将陶瓷火盆埋进了后院种满西红柿、茄子、黄瓜等菜的自家菜园中挖好的坑里，按照早就想好的步骤，将厨房里的大米、鸡蛋、大豆、干鲣鱼花、黄油、鲱鱼干、梅子干、糖精、干鸡蛋粉放进去，覆盖上泥土，然后代替生病的妈妈背上节子。爸爸是海军大尉，登上巡洋舰出海后便音信杳然。清太把他那身穿第一种正装[②]的照片从相框中取出来，贴胸放好。

经过三月十七日和五月十一日连续两次空袭，清太明白，光凭妇道人家拖儿带女去扑灭燃烧弹全无可能，而家中地板下面挖掘的防空洞也丝毫不起作用。于是他先将妈妈送到了消防署后面由社区居委会设置的水泥防空壕里去避难。刚开始动手把衣橱中爸爸的便服往背囊里塞，外面已传来防空监视哨叮叮哐哐的钟声，闹成一片。清太还没来得及逃出家门，四周便响起了炸弹落下的

① 日本明治时期至昭和前期，实行旧制中学教育。中学学制五年，相当于现在的初中和高中教育阶段。

② 日本海军军官的军装分正装与礼装，并细分为第一、二、三种。第一种正装即藏青色的夹克式军装。

呼啸声。第一波猛烈的轰炸过去，清太产生了错觉，以为寂静忽然造访，但随即听见 B-29 轰轰隆隆的轰鸣声连续不断，仿佛泰山压顶。仰脸望去，刚才还似有似无的小点转瞬间便拖曳着滚滚的飞机云，向东飞去。五天前，大阪遭到轰炸时，清太是在工厂的防空壕中眺望那些穿越云团飞过大阪湾上空的鱼群般的飞机，而这次它们却在仿佛伸手可及的低空飞行，甚至连机体下部描画的粗大线条都历历可见。飞机从海面朝着山区飞行，冷不丁将机身倾侧，消失在了西边。呼啸声再度响起时，空气仿佛忽然凝固了一般，清太的身体似乎被捆缚住了，僵立在原地。此时，一颗直径五厘米、长六十厘米的蓝色燃烧弹，哗啦哗啦从屋顶上滚落下来，像尺蠖一样在马路上蹦来跳去散布油脂。

清太慌慌张张地跳进家门，但家中已经缓缓地冒出了黑烟，他只得再度跑到外面。然而外边却像什么事都不曾发生过一般，空无一人。前边人家的墙上斜靠着灭火掸子和云梯。清太心想，还是先到妈妈藏身的防空壕去看看，于是耸肩将背上的节子往上托了托，迈步就走。街角那户人家二楼的窗口黑烟喷涌而出，紧接着，就像事先约好了一般，刚才还在屋顶天棚上干冒烟的燃烧弹一齐燃烧起来。院子里的树木噼啪噼啪地爆裂，火舌顺着屋檐延伸开去，木头护窗一面燃烧一面往下坠落。眼前变得漆黑，转眼间，大气被烧得发烫。清太仿佛被人猛推了一把，拔足便奔。按照事先定好的计划，应当逃往石屋川的堤坝上去，于是他沿着阪神电车的高架往东跑。

逃难的人群混乱拥挤。有人拖着大板车，汉子扛着铺盖卷，老婆婆尖着嗓子高声呼叫。清太急不可耐地向着海边奔去。其间不时有火星飞溅来，炸弹呼啸声四起，用酒桶做的、可盛三十石水的消防储水桶被炸坏了，水流满地。有人试图用担架搬运病人。正奇怪某一处居然空无一人，却见隔着一条街，竟有人将榻榻米也搬了出来，像在大扫除。穿过了旧国道，清太沿着狭窄的小路不停地奔跑。大概人都逃光了，在一处无人的街市尽头，是司空见惯的滩五乡那黑色的酒窖。倘是夏日的话，潮水的气息便会四处飘溢，酒窖与酒窖之间五尺宽的空处，会露出夏日阳光下的沙滩和高得出人意料的碧蓝的海，然而此时此刻，哪里还顾得上这些。

虽然逃到了海岸上，却发现连防空壕也没有一个。清太仅仅是因为想逃离火海，才条件反射式地逃往有水的地方。想法相同的逃难者们缩身躲在约五十米宽的沙滩上，靠着渔船或卷扬渔网的辘轳的阴影处。清太走向西面。昭和十三年的大水灾以后，石屋川变成了两层的河床，他在上面一层随处可见的坑洼里藏下身来。尽管无遮无盖，但躲进了坑洼里，便觉得胆壮。坐下来之后，清太只觉得心脏狂跳不已，喉咙焦渴。他解开背带，打算将一路上顾不得回头照看的节子轻放下来，可仅仅这么一下，膝盖就哆嗦个不停，差不多要瘫倒。然而节子一声也不哭，她头戴小小的白花纹防空头巾，上着白色衬衣，下穿与头巾花纹相同的扎脚裤、红色法兰绒袜子，平素最心爱的黑漆木屐只剩下了一只，两只手紧紧地抱着布偶人和妈妈那又旧又大的钱包。忽然飘来一股火药味，随风传来的还有听上去仿佛近在眼前的火场的喧响，以及远远地移向了西边的阵雨般的炸弹呼啸声。

兄妹俩害怕地紧紧依偎。清太忽然想起防空袋中还有吃的。昨晚妈妈觉得粮食再储存下去已经没有意义，因此烧了一锅白米干饭，剩下的今天早上又加进了大豆和糙米，做成黑白参半的便当。清太打开来一看，只见米饭上已经薄薄地生出了一层汗，便将那白色的给节子吃。

抬头望去，天空被染成了橘黄色。清太想起妈妈曾经说过，关东大地震那天早晨，云彩就变成了黄色。

“妈妈到哪儿去啦？”

“在防空壕里呢，消防署后面的防空壕，说是二百五十公斤的炸弹直接砸上去都没事，用不着担心的。”

这话简直就像是说给自己听的。透过堤坝上的松林，不时能望见阪神方向的海滨一带摇曳着通红的光焰。

肯定已经烧到石屋川二本松附近了，再休息一会儿就走。然而清太转念又想到，自己可是从那熊熊烈焰之中奔逃出来的。

“你没啥事吧，节子？”

“木屐只有一只啦。”

“哥哥再给你买比这更好的。”

“我也有钱呢。”

节子将钱包拿了出来：“帮我把它打开。”打开结实的铜卡口一看，里面有三五枚一分钱或五分钱的硬币，此外还有小鹿形状的小沙包、红黄蓝三色的玻璃弹珠。一年前节子吞下了一颗玻璃弹珠，当天他们就在院子里摊开报纸，让她拉屎，第二天傍晚顺顺当当地拉了出来。现在这颗跟那颗一模一样。

“咱们家烧掉了吗？”

“好像是。”

“那可怎么办呢？”

“爸爸会给我们报仇的。”

回答得驴唇不对马嘴，因为清太也不知道今后该如何是好，还好那轰鸣声总算是远去了。

不一会儿，下了几分钟夏季骤雨似的阵雨。望着那黑色的污迹，清太心想，啊……这就是轰炸之后下的雨？恐怖感终于减弱，他站起身来眺望海面。海面上转瞬间已是一片黝黑，无数的浮游物忽而浮起忽而沉下，而山峦依然还是原来的模样。一王山的左边似乎发生了山火，飘荡着悠然的紫烟。

“来呀，背背。”清太让节子坐在堤坝上，将后背转向妹妹，她便趴了上来。奔逃时丝毫不曾感觉沉重，此刻却感觉沉甸甸的。清太抓住草根，攀上堤坝。

爬到上面一瞧，只见御影第一和第二国民学校、御影公会堂仿佛自己长脚走到了这边，看上去很近。酒窖、士兵们居住的板屋，甚至消防署和松林全都荡然无存。阪神电车的土堤简直近在眼前。国道上三辆电车追尾一处，火灾的痕迹一路顺坡而上，望去似乎径直延伸到了六甲山顶，那尽头处笼罩在烟雾之中，尚有十五六处还在滚滚地冒着浓烟。轰隆一声，不知是哑弹着火了还是定时炸弹爆炸，一时声响大作，一阵旋风将铺在屋顶上的白铁皮板卷上了天空。

清太感觉节子猛一下紧抱住自己的后背，于是对她说道："这弄得可真干净呀。瞧瞧，那儿就是公会堂，你还跟哥哥去吃过杂烩粥呢。"可背上毫无反应。"等一下噢。"清太说道，重新裹好绑腿，顺着堤坝往前走去。

右手边有三家房屋逃过了火灾，阪神电车石屋川车站却烧得只剩下屋顶的骨架，再往前的神社更是成了一片灰烬，只留下一个石头净手钵。

渐渐地，人增多了，全都携老带幼，瘫坐在街沿上，一张张嘴巴却忙个不停。大家把烧水铁壶挂在树上，用烟煤烧开水、烤山芋干。

二本松在通往山区方向的国道右侧，清太赶到那里，却不见妈妈的身影。见大伙儿都望着河床，清太也看了看，只见干涸的砂石上横陈着五具窒息死亡的尸体，有的脸朝下俯伏着，有的则仰面朝天成个"大"字。清太萌生了去确认妈妈是否在里边的念头。

妈妈自打生了节子之后，便患上了心脏病，半夜里发作时，就让清太拿冷水来敷心口，痛苦时便支起上半身，摞上几只坐垫，将身体靠在上面。就是隔着睡衣，也可以看见她的左乳房随着心脏的鼓动在哆哆嗦嗦地抖个不停。药全是中药，早晚喝红色的粉末。手腕瘦得用手掌能攥上两圈。由于妈妈跑不动，所以清太事先把她送进了防空壕，可是壕口一旦被火焰包围，那里就将是妈妈的葬身之地了。尽管明白这一点，可仅仅因为通往防空壕的近路被烈焰阻断，自己就不顾妈妈的安危，一溜烟逃开了。清太自责不已。然而就算是跑到了妈妈那儿，又会如何呢？“你带着节子逃命去吧，妈妈一个人没关系的。你们俩可一定要活下去啊，不然对不起你爸爸。明白了吗？”妈妈曾经开玩笑似的这样说过。

国道上，两辆海军的卡车向西驰去。警防团的汉子骑着自行车，手拿喇叭筒，在吼叫着什么。

“两颗家伙直接掼了下来，俺想拿草席盖上去，可那油脂全都泼洒出来了。”

一个与清太年龄相仿的少年在跟友人聊天。

“上西、上中、一里冢的各位乡亲们，请大家到御影国民学校去集合！”

清太听见喊到了自己居住的街道名字，猛然想起：对呀，没准妈妈在学校里避难呢！他走下堤坝。炸弹呼啸声又响起来，瓦砾堆里火势尚未平息，若非街面相当宽阔，那热气会烤得人不敢从旁边走。

“在这里再等一会儿吧。”他对节子说道。

而节子仿佛是在等待哥哥发话似的：“哥哥，我要撒尿。”

清太将节子放下，抱起她，让她两腿冲着草丛，小便喷涌而出。清太用手巾帮她擦了擦，说：“头巾可以不用再戴啦。”抬头一看，节子满脸都是烟灰。“这一头是干净的噢。”他用手巾的另一端蘸了点水壶里的水，帮节子把脸擦干净。

“眼睛好痛。”节子的眼睛被烟熏得红红的，充血了。

“到了学校就给你洗。”

“妈妈咋样啦？”

“在学校里呢。”

“那我们去学校！”

“现在还太烫，走不过去。”

节子哭闹着要到学校去，那声音既不是撒娇，也不是因为疼痛，听上去莫名地老成。

“清太，见到你妈妈了吗？”对过人家还没嫁出去的大姑娘招呼说。这时清太正在学校的操场上请卫生兵给节子清洗眼睛，洗了一遍还是疼，于是他们走到队列末尾再次排队。

“没有。”

“赶快去看看吧。你妈妈受伤啦。”

清太还没来得及说“请帮忙照看一下节子”，那姑娘抢先开口道：“我帮你照管妹妹。蛮吓人的，节子，你哭了没有呀？”她平素并不见得多么亲热，此时却这样热情，一定是知道了清太妈妈的情况十分糟糕。

清太离开了队列。这里是念了六年书的校舍，他轻车熟路就找到了医务室。只见洗脸盆里满是血水，碎绷带、地板、护士的白大褂上全都沾满了鲜血。里面有一个男子身穿国民服，脸朝下趴着，一动不动。还有一个女人，穿着扎脚裤，一条腿裸露着，上面裹满了绷带。清太不知道该如何问话才好，便无言地站着不动。町会长大林伸手搭在清太的肩头，说：“啊，清太，我正找你呢。你没事吧？这边来。”大林将清太带到了走廊里，自己却再次返回医务室，从污物盆里的纱布中拣出来一个断了的翡翠戒指，回来对清太说：“这个是你妈妈的。”清太以前的确见过。

一楼尽头的手工教室收容着重伤员，更加危笃的伤员则安置在里厢的教师办公室里。妈妈上半身缠着绷带，两只臂膀好似球棒一般直挺挺的，脸上也包了一层又一层，唯有眼睛、鼻子和嘴巴露着黑洞洞的孔，鼻尖宛如天妇罗的面衣。看上去依稀眼熟的扎脚裤上，到处是烧焦烧烂的痕迹，露出下面驼色的衬裤来。

“刚才总算睡着了。最好能送进医院里去，可医院都烧光啦。好像西宫的回生医院还没烧掉。”

妈妈看似睡着了，其实是陷入了昏迷状态，呼吸也不均匀。

“这……我妈妈心脏不好，能不能给她一点药？”

“好，我去问问看。”

尽管大林点头应允，可清太也明白，这要求很难满足。躺在妈妈旁边的汉子，每次呼吸时，从鼻子嘴巴里就会喷出血泡来。不知是看着不舒服还是于心不忍，一个身穿水手服的女学生环顾四周后，用手巾揩拭了去。而对面的中年妇女下半身裸露着，仅仅在局部放了几块纱布，左腿自膝盖以下没了。

清太试着喊了一声“妈妈”，心里却没一点底，他心中惦挂着节子，便又走到了操场上。节子跟那位邻家姑娘在安放单杠的沙坑处。

“认出来了吗？”

“嗯。”

“好可怜啊。有啥帮得上忙的，只管说好了。对啦，你们领了压缩饼干没有？”

清太摇摇头，姑娘说了声“那我去帮你们领”，便走开了。

节子拿着沙坑里捡到的冰激凌挖勺在玩耍。

“把这个戒指放到钱包里，可不能弄丢啦。”

节子把戒指收进了钱包。

“妈妈身体不舒服，过几天就会好的。”

“妈妈在哪儿？”

“医院里，在西宫。所以你今天跟哥哥住在学校里，明天去西宫的阿姨家。知不知道？阿姨住在池塘旁边，就去那里。”

节子不语，堆了好几个沙堆。

不一会儿，姑娘拿着两个茶色的压缩饼干口袋走了回来。“我们在二楼教室里，大伙儿都在。你们也过来吧。”

清太回答说，待会儿就去。可是和父母双全的家庭住在一起的话，节子就太可怜了，其实清太自己没准都会哭出声来。

“吃不吃？”

“我要到妈妈那儿去。”

“明天去吧。今天太晚啦。”说着，清太在沙坑边坐了下来。“看好了噢，哥哥可高明啦。”他纵身跃起，抓住了单杠，大幅度地摆荡起身子，开始一圈又一圈地做前回环。

上三年级时，十二月八日，战争爆发的那天清晨，就在这架单杠上，清太创造过前回环四十六次的纪录。

第二天，说是要送妈妈去医院，可是清太又背不动，于是在没被燃烧弹烧毁的六甲道车站附近叫了一辆人力车。

“好咧，你就坐上车，我拉你到学校去。”

于是，清太有生以来头一次坐上了人力车，顺着已然烧成废墟的道路往回赶。然而赶回学校时，妈妈已经垂危，无法搬动。车夫摆手谢绝收取车钱，回去了。当天傍晚，妈妈终于因为烧伤导致衰竭，断了气。

“能不能解开绷带，让我看看妈妈的脸？”

听到清太的央求，脱去了白大褂、露出军医制服的医生答道：“还是不看为好啊，不看为好。”

妈妈一动也不动，浑身缠满了绷带，那绷带上渗出了血，上面叮满无数的苍蝇。

吐血泡的汉子、单腿截肢的女人也都死了。警察三言两语地询问了遗属，做了些笔录，说：“只好在六甲火葬场的院子里挖个坑烧啦。今天就得用卡车运走，要不然天气这么热……”也不知道他是冲着谁在说话，敬了个礼便走了。

既没有线香、供花、饭团子，又没有念经超度的和尚，甚至连哭丧的人都没有一个。遗属中的一位妇女，闭起眼睛听任老人梳理头发，另外一个则敞开了胸脯将奶头塞在孩子嘴里，还有一个少年单手捏着皱巴巴的小报号外版在大发感慨：“太了不起啦！三百五十架来袭的敌机被击落了六成呐！”清太也在心里进行着与妈妈的过世关系甚远的心算：三百五十架的六成可不就是二百一十架么？

节子暂时托给了住在西宫的远房亲戚照看。这是两家人事先约好的：万一哪一家挨炸被烧了，就寄身到另一家去。那家有一位寡妇和在商船学校念书的儿子及女儿，再加上一名供职于神户海关的房客。

妈妈那预定六月七日中午在一王山下火化的尸体，被人除去了手腕上的绷带，用铁丝系上标志牌。清太好不容易见到妈妈，发现她的皮肤变成了黑色，简直不像人的皮肤。刚放上担架，蛆虫便成堆地掉落下来。转眼望去，只见成百上千的蛆虫在手工教室里团团蠕动。工作人员不管三七二十一，抬脚便踩上去，搬出了尸体。烧焦的宛如木材般的尸体用草席裹起来，装上卡车。窒息死亡或伤害致死的，则抬进拆去了座椅的大客车，排作一列运走。

一王山下的广场上，直径十米的大坑里面，杂乱无章地堆积着为应付空袭而从建筑物上拆下来的木梁、木柱、拉门、拉窗。警防团成员将尸体放在上面，端起装有柴油的铁桶，像在进行防火训练似的胡乱浇泼一阵，再点燃破布扔上去。黑烟立时升腾而起，烈焰熊熊。燃烧着的尸体滚落下来，他们便伸出消防钩钩住了，再拖回火中去。一旁铺着白布的桌子上，放着几百个粗糙的木盒子，用以收放骨殖。

说是遗属在一旁会碍事，都被打发走了，甚至连和尚都没有一个。火葬完毕之后，到了夜间，就如同发放配给物资一般，交给清太一个用烧焦的木柴写上名字的木盒。也不知道那标志牌究竟起到了多大的作用。烟尽管黑，然而放在盒子里的那截指骨却是雪白的。

夜深了，清太好容易才走到西宫的亲戚家。

“妈妈身体还疼吗？”

“嗯，轰炸时负伤啦。”

“戒指妈妈不戴了吧？是送给节子了？”

清太将骨灰盒藏在了高低柜上方的防雨窗套里，脑中忽然浮现出那根雪白的指骨上戴着戒指的情形来，他慌忙将这意象逐走，对着孤单单地坐在坐垫上玩着弹珠和戒指的节子说道：“那戒指很宝贵的，可要收好啦。”

清太并不知道，妈妈曾将衣物寝具蚊帐之类运到西宫的亲戚家里。那寡妇不无挖苦地说：“还是海军好啊，搬东西还出动卡车。”她一面说，一面从走廊一角取出用蔓藤花纹的包袱皮盖着的行李，将其中的箱笼打开，里面现出节子和清太的内衣之类，还有妈妈平时穿的衣服，西装箱子里面还有出门时才穿的长袖和服。樟脑丸的气味令人怀念。

玄关边的三叠[①]小屋被指派给他们兄妹住。凭着罹灾证明，他们可以领取大米、鲑鱼、牛肉、煮豆罐头等特别配给。

余热退尽之后，清太来到从前的住处，只见满目焦土，根本认不出这里曾是自己住过的家。他凭着记忆在那狭窄的地基上一挖，发现收藏在陶瓷火盆里的粮食安然无恙，于是借了一辆大板车，一连渡过石屋、住吉、芦屋、夙川四条河，花了整整一天时间才运回来，堆放在玄关口。

此时寡妇又来挖苦说：“还是军人家属奢侈呀。”一面却满脸高兴，仿佛是自家的东西，将梅子干分送给左邻右舍做人情。

因为持续断水，男劳力清太能帮她从三百米开外的水井汲水

① 一叠为一张榻榻米的大小，约为 1.62 平方米。

回来，自然离不得。她女儿在女子学校四年级念书，最近被动员去中岛飞机厂干活，如今也请了一段时间假，在家里哄节子。

去汲水时，清太看到附近去打仗的士兵的妻子和半裸着身子、头戴方顶学生帽的同志社大学的学生手拉着手招摇过市。他们在街谈巷议中是众矢之的。清太和节子则因为寡妇一副恩人的姿态四下吹嘘他们是海军的家属、妈妈死于轰炸、成了没爹没娘的可怜孤儿如何如何，博得了众人的同情。

天一黑，近旁的储水池中，牛蛙便会呱呱地鸣叫。从那里流出来的水量丰富的溪流两畔，青草茁壮茂密，每一片叶尖上都闪烁着一只萤火虫，伸出手去，那光亮便会移上指尖。

“节子，抓住了噢。”清太把萤火虫放在节子的掌心，可节子总是用力一攥，于是萤火虫立刻被捏碎了。将手掌放在鼻子前，就会闻到一股腥臭气味。湿湿的、黏糊糊的六月夜间，虽说地处西宫，却因靠近山麓，空袭似乎是与己无关的事。

清太给爸爸写了封信，寄给吴市的海军司令部，托他们转交，结果如石沉大海。

因为有职员曾经死乞白赖要妈妈在他们那儿开户，所以清太对神户银行六甲分行，还有住友银行元町分行记忆犹新，便上门去查询了一下存款余额，回来后告诉寡妇说，金额是七千元。寡妇立刻便神气活现：“我丈夫去世时退职金可是七万块钱呢。”还扬扬得意地夸赞自家的儿子：“幸彦那时还不过是中学三年级，可是对社长的问题对答如流，还受到表扬了呢。真是落落大方呀，那孩子。”清太夜里总也睡不踏实，不时会受惊似的哭叫着醒来，第二天早晨自然起来晚了，因此寡妇的话像是在指桑骂槐。

才不过十来天，广口瓶中的梅子干和干鸡蛋粉等便踪影俱无了，罹灾者特别配给也消踪匿迹，三碗两盏的饭，一半变成了大豆、麦子和高粱。两个孩子正值能吃的当口，寡妇便疑心连自己的那一份也被他俩吃去了，于是一日三餐的杂烩粥一勺子就可伸到锅底，将稠米粒舀给女儿，给清太、节子的是满满一碗只有菜叶的汤水。大概是略感内疚，她有时会说：“阿鲤可是在为国家出力呢，得多吃点，好长力气。”厨房里总是传来她用铁勺刮黏在锅底的焦粥的声响，想必那焦粥十分入味，又香又韧吧。一想到寡妇正在大口吞食那焦粥，清太与其说义愤填膺，倒不如说是馋涎欲滴。

在海关工作的房客精通黑市交易，常送些牛肉、糖稀、鲑鱼罐头给寡妇，讨好她，对她的闺女有所图。

“到海边玩玩去不？”梅雨季节中偶尔放晴的一日，清太见节子出了不少汗，心内不安，他听说用海水洗拭一番对身体有益，便如此说道。节子那一颗童心是如何理解并接受现实的，清太不得而知，现在她不大提妈妈了，只是寸步不离地紧跟着哥哥。“嗯！想去想去。”

一直到去年夏天为止，他们每年都会在须磨租一间房子消夏。那时，清太将节子扔在沙滩上，自己一直游到海中渔夫安置的渔网玻璃浮球处，再游回来。只有一家沙滩茶馆，卖甜酒酿汤。兄妹俩呼呼地边吹边喝飘溢着生姜味儿的甜酒酿汤，回家后还有妈妈做的炒面粉。节子大口大口地吞食着，呛得满脸都是面粉。节子还记得这情景吗？清太差点问出口——且慢！可不能稀里糊涂地勾着她回想起往事来。

沿着小河走向海滩，笔直的柏油路上随处可见停放着的马车，是要运送疏散行李的。一个头戴神户一中的帽子、鼻梁上架着眼镜的小胖子，正双手抱着看上去很重的书本放到马车上，而马儿却只顾无精打采地甩着尾巴。

向右转便来到了夙川的河堤上，途中有一家叫“帕波尼”的咖啡馆，出售用糖精调味的琼脂，于是买来吃了。位于三宫的“约海姆”一直到最后还在坚持做蛋糕卖。半年前，店主宣称关门大吉之前最后一次制作巧克力蛋糕，妈妈还买了一块回来。

那家店的店主是犹太人。说起犹太人，昭和十五年前后，在清太去补习算术的筱原附近的红洋房里，常常会有犹太人来，年纪轻轻的，却人人都留着一把大胡子，到了下午四点钟便排着队上澡堂去。分明是夏日却还穿着厚厚的长大衣，有的人两只脚上都穿左脚的鞋子，一瘸一拐。他们如今怎么样了？大概也做了俘虏被遣送到工厂里去了吧。都说俘虏干活卖力，正式职工只晓得偷铝合金做香烟盒子，昧下合成树脂做发簪。

夙川河堤全部用作了菜地，南瓜、黄瓜的花儿朵朵盛开。国道上几乎不见人影，沿着国道栽植的树丛当中，为了本土决战而保存下来的中级教练飞机装模作样地披挂着伪装网，静悄悄地躲在那儿。海岸上，可以看见小孩子和老婆婆在用一升的大酒瓶汲取海水。

“节子，把衣服脱光。”

清太用手巾浸过海水，擦拭着节子那已经很有些女孩儿家模样的、肌肤丰满的肩膀和大腿，上面长满了密密麻麻的红色斑点。

“恐怕有点凉呢。”说着，清太一连洗了好几遍。在满池谷，洗澡得到邻家去借浴室用，而且常常是最后一个入浴，再加上灯火管制，只能黑灯瞎火地洗，几乎毫无洗澡的感觉。清太仔细看着节子的身体，很像爸爸，肤色白皙。

“那是咋回事？有人躺在那儿呢。”节子问。

朝那边看去，只见低低的护岸堤坝旁，有一具盖着芦席的尸体，两只脚丫子戳出来，看上去大得出奇。

“不要瞧那边。等天气再热点就能游泳啦。哥哥教你。”

“游泳肚子要饿的。”

清太最近也觉得饿得难以忍受，闲得无聊去挤脸上生出来的粉刺时，一不留神竟然会将那白色的油脂送进嘴巴里去。尽管有钱，他却不懂得到黑市去用。

“咱们钓鱼吧。”

记得鳊罗、天鳙鱼等小鱼儿从前是可以钓得到的，哪怕能捞到海草也行啊！然而只有腐烂的马尾藻无依无着地随波漂荡。

响起了警报声，于是他们开始往回走。在回生医院的门口听见一个年轻女子一声呼唤：“妈妈！”

循声望去，只见一个女护士搂住了一个背着圆布口袋的中年妇女，大概是妈妈从家乡赶来探望女儿。清太茫然地望着这情景，心里羡慕着，觉得那护士的表情好美。

猛然传来“隐蔽！”的吼声，回首向海上望去，只见投放水雷的 B-29 在大阪湾海面低空飞行。大概是已将目标尽数烧光。最近没有什么大规模的空袭了。

“你妈妈的衣服呀——这话本来是不该说的——可反正没有用处啦，咱们拿去换大米好不好？阿姨也早就开始拿自家东西去换粮食，填补亏空啦。”寡妇声称，那样的话，就是死去的妈妈也会感到高兴的。清太尚未来得及回答，她便将西服箱子打开了。看得出来她趁清太兄妹俩不在时，早已经仔仔细细地翻查过了，只见她手法娴熟地取出两三件衣物来，扔到榻榻米上。“这些大概可以换一斗大米呢。清太你也得多补些营养，长得壮壮的，好去当兵呀。”

那是妈妈年轻时穿的衣服。清太想起以前家长来学校参观听课的日子里，自己回头确认妈妈最美丽的身姿时，曾经自豪地注视过它们；想起去吴市探望爸爸时，妈妈出乎意料地打扮得很年轻，一同坐在列车里，自己曾经幸福地抚摸过它们。而如今，它们便要化作一斗大米去了。自己仅仅因为听到“一斗”这两个字，竟然有一阵喜悦涌上心头，身子几乎簌簌颤抖。偶尔配给一次大米，跟节子两个人的加在一起，也领不到小半簸箕，却得坚持吃上五天才行。

满池谷周遭住的几乎全是农家。不一会儿，寡妇便抱着米袋回来了，给清太原先存放梅子干的广口瓶里装满大米，余下的便唰唰唰全都倒进了自家的米柜子里。

开怀痛吃了两三天，又恢复了杂烩粥。清太稍稍表露出一点不平，寡妇开口便说："清太你也长大了，应该考虑考虑互相帮助嘛。你可是一点米也不拿出来，却还想吃白米饭，这可不行呀。行不通的。"

行得通也罢，行不通也罢，拿着人家妈妈的衣服去换了大米来，乐颠颠地替自家女儿准备便当，替房客捏饭团，给清太兄妹俩的午饭却是脱脂大豆。味觉重新被米饭唤醒的节子不愿意吃，寡妇便说道："你们怎么那样说话？这可是俺家的大米呀。什么？这么说倒是阿姨占了你们的便宜啦？这话可不得了。俺可是在照管孤儿啊，被人家这么说三道四的可怎么成。那好吧，饭咱就分开来吃好啦。这样就没话可说了吧。对啦清太，你们家不是在东京也有亲戚吗？你妈妈的娘家不是有谁谁谁来着么？给他们写封信咋样？西宫不知道啥时候就要遭到轰炸哩。"

好歹没有即刻把兄妹俩扫地出门，却肆无忌惮地嚷了个痛快。这也难怪，尽管稀里糊涂地投奔上门来，这儿却只是爸爸的表弟媳妇的娘家。其实在神户还有关系更近的亲戚，可家家都烧成了灰烬，联系不上。

从杂货铺买来在贝壳上安了个柄做成的饭勺、砂锅、酱油瓶子，还花了十块钱给节子买了个黄杨木梳子。早晚借了只陶炉子煮饭。菜是马齿苋凉拌南瓜茎，池塘里捉来的田螺加糖和酱油煮，干鱿鱼发开了之后再煮熟。

"算啦，不必坐得那样规规矩矩的嘛。"

即便是面对寒酸得连饭桌也没有、只能直接放在榻榻米上的饭碗，节子也要按照从前妈妈教的礼数正襟危坐。吃完饭后，清太懒散地斜躺在榻榻米上，她便提醒说：“要变成牛的！”

厨房分开之后，心情是轻松多了，却事事俱欠周全。也不知是从哪儿传染来的，用黄杨木梳给节子梳头时，虱子和虱卵成片地掉落下来。不小心晾晒衣服，寡妇就要说话：“会被敌机发现的！”连洗衣服也时常遭受冷言冷语，尽管清太兄妹俩格外小心翼翼，衣服总还是要变脏的。最为难的是洗澡间不让再用了，公共澡堂三天一次，还得自带燃料才允许入浴，这常常让人深感麻烦。

清太白天在夙川车站前的旧书店里买来妈妈从前订阅过的过期妇女杂志，躺在家里阅读。警报响时，倘若广播电台报道说是敌机编队来袭，那简陋的防空壕连钻也不想钻，他拉着节子，逃进池塘前边挖得较深的防空坑道。这又招致了寡妇和已然对战争孤儿感到厌烦的左邻右舍的恶评，说是像清太这样年纪的孩子应当成为市民消防团队的中坚。然而对于亲身体验过炸弹呼啸和迅猛火舌的人，敌机只来一两架倒也罢了，倘使是编队来袭的话，根本就无意去抗争。

七月六日，在黄梅季节将尽的最后一场梅雨中，B-29轰炸了明石。

清太和节子坐在防空坑道口，茫然地望着雨脚在池面上绘出的波纹。节子抱着从不释手的布偶人说：“我要回家去嘛。我不愿住在阿姨家嘛。”从来不曾吐露过不满的节子，咧嘴哭诉起来。

“可咱们家被烧掉啦，已经没有啦。”

然而，寡妇的家里恐怕待不下去了。夜里，当节子从梦中哭醒时，寡妇便迫不及待地走来说道：“阿鲤也好阿哥也好，都在为国家勤奋工作。你至少别叫她哭闹呀！吵得人家连觉也没法睡！”说完砰的一声带上了拉门。

那咄咄逼人的气势更是将节子吓得泣不成声，清太只得半夜三更带着她走到外边。

四周是成群的萤火虫。

假如没有节子的话——这个念头一闪而过。许是心理作用吧，清太旋即感到背上睡着的节子体重轻了很多。她额头和手臂上被蚊子叮得满是疙瘩，只要一抓必定化脓。

不久前的一天，寡妇外出时，清太掀开她女儿的风琴盖子，“嗨淘伊劳哈劳伊劳淘劳伊，嗨淘伊劳伊嗨尼”地唱了起来。自打改为国民学校以来，哆来咪发唆拉西哆就变成了哈尼嚎嗨淘伊劳哈。而他们唱的这首《鲤鱼旗之歌》是从那以后学习的第一支歌。

正和节子一起唱时，陡然传来一阵怒吼：“赶快停下！战争期间，你们这是在干什么？到头来挨骂的可是阿姨哟！真不懂事！”原来不知何时寡妇已经回家来了。“这可真是来了一对瘟神。轰炸的时候一点用场也派不上。既然这么怕死的话，你们干脆就住在防空坑道里得啦。”

“那咱们就住在这里吧。这个坑道里谁也不会来的，就哥哥和节子两个人，也不会有人来管咱们。”

坑道挖成“门”字形，支柱也粗，从农家买来稻草铺在这里，再吊上蚊帐的话，大概也能勉强撑过去。

一半也是这个年龄的冒险心作祟，待警报解除之后，清太便一声不响地收拾好了行李。

“打搅了您这么长时间，我们要搬到别的地方去了。”

“别的地方？你们到哪里去？”

“还没有定下来。”

“是吗？那么一路平安噢。节子再见啦。”寡妇脸上挂着假笑，匆匆退回里屋去了。

箱笼、被褥、蚊帐、厨房用具，再加上西服箱子和妈妈的骨灰盒，好歹搬了进来。再仔细一看，这儿原来不过是一孔洞穴，一想到从今往后真要以此为家，清太不禁气馁了。还好胡乱闯进的农家分了些稻草给他们，还卖给清太葱和萝卜，最重要的是，节子高兴得乱蹦乱跳：“这儿是厨房。这是门。”忽然，她又感到为难：“上厕所该去哪儿呢？”

“没关系的，哪儿都行嘛。哥哥陪你去。”

节子孤零零地坐在稻草上。爸爸曾经说过：“这孩子长大了准是个温雅美人。”因为不懂温雅一词的意思，清太还问过爸爸。“这个嘛，就是风度好的意思吧。”节子果然风度甚好，却更加令人哀伤。

虽然早已习惯了灯火管制，可是坑道中的黑暗正如所谓的黑铁桶一般。将蚊帐的吊绳拴在支柱上，钻进去之后，外边的蚊子嗡嗡作响围聚过来，它们震动翅膀的声音是唯一的陪伴，二人不由得依偎在一起。清太将节子赤裸的双腿紧抱在怀里，忽然感觉到疼痛似的亢奋，抱得更紧了。节子怯生生地说道：“哥哥，透不过气来啦。”

去散散步吧。二人睡不着，走到了外边，一起解手。天上，飞机向西飞去，一红一绿的标志灯不停闪烁。

“那是特攻队。”

“嗯。”节子尽管不明白何意，却点头应道，“好像萤火虫嘛。”

“是。”于是清太想：对呀，捉些萤火虫放到蚊帐里去的话，一定会亮一点的。

并非刻意模仿晋朝的车胤，他们却随手捕捉了一些，放入蚊帐中。只见五六个光点忽悠悠地飘来舞去，然后停留在蚊帐上小憩。好啊！于是又去捉了百来只，彼此的面孔仍然看不清，心儿却宁静下来，眼睛追逐着萤火虫那徐缓的动作，渐渐地沉入了梦乡。

萤光的行列于是化作了昭和十年十月的阅舰仪式。六甲山的半山腰上装饰了巨大的船型彩灯，从那里遥望大阪湾的联合舰队，航空母舰好像木棒似的浮在海面，战舰舰首架起了白色的帐篷。爸爸当时在巡洋舰摩耶号上服务，清太拼命地寻找那舰影，却找不到有着断崖般舰桥的摩耶号。大约是商大的铜管乐队吧，断断续续地奏起了《军舰进行曲》：钢铁城堡浮海上，攻守自如好栋梁。爸爸是在哪里打仗呢？照片上已经沾满了汗迹。敌机来袭，清太将萤光当作曳光弹。对啦，三月十七日夜里空袭时高射机关炮的曳光弹，就仿佛萤火虫似的，飘飘忽忽被吸上了天空，那玩意儿当真能打得中吗？

到了早晨，萤火虫死了一半，掉落下来，节子将它们的尸骸埋在了坑道的入口处。

“你在干什么呢？”

“我在给萤火虫造墓呀。”节子低垂着头，又说道，“妈妈也在坟墓里边吧？”清太正不知该如何作答，她接着说下去：“我听阿姨说的，妈妈已经死了，埋在坟墓里边。”

清太这才第一次泪水盈眶。“下次我们给妈妈上坟去。节子你记不记得？我们不是去过布引旁边的春日野墓地吗？妈妈就在那里啊。”

樟树下一座小小的坟墓。

对了，这骨殖也该放进去才是，不然妈妈会不得安宁呢。

人们看见兄妹俩拿着妈妈的和服去换大米，去井边打水，便立即知道了两人是住在坑道里面，然而谁也不来探望他们。

他们拾来枯枝煮饭，盐分不足时便去汲取海水。沿途虽然也曾遭受过 P-51 型战斗机的扫射，可日子过得也算平平静静。夜里有萤火虫守望着，他们习惯了坑道里的朝朝夕夕。

不过清太两手的指间生出了湿疹，节子也渐渐地衰弱下去。趁着夜晚钻进贮水池，一边拾田螺一边顺便洗身子，只见节子的肩胛骨和肋骨一天天地凸显出来。

“不好好吃东西可不行呐。”清太想去捉些蛙来吃，于是盯准了蛙鸣声喧响的地方，却没有本事捉到它们。

尽管嘴上说着好好吃东西，然而妈妈的和服早已经卖光，而黑市上一个鸡蛋要三元，一升油一百元，半斤牛肉二十元，一升大米二十五元，找不着门路的话，也只能望洋兴叹。因为靠近城市，农家也变得十分狡猾，拿钱去买米他们是不肯卖的，于是兄妹俩很快又开始吃掺了大豆的杂烩粥。

到了七月末，节子患上了疥癣。头天把跳蚤虱子捉个精光，可到了第二天早上，却又密密麻麻地爬满了衣缝。一想到那灰色的虱子身上一星点猩红就是节子的血，清太便怒火中烧，将那细细的腿一根一根地拔下来，凌迟处死。他甚至会无益地空想：萤火虫难道就不能吃吗？

没过多久，大约是体力不支，连清太去海边时，节子也怀抱着从不释手的布偶人躺着不动。“我在家等你啊。”

清太外出时，必定要从人家的菜园里偷来只有小拇指大小的黄瓜和青番茄给节子吃。有一次，一个五六岁的小男孩正宝贝似的啃着一个苹果，清太一把抢夺过来，飞奔回家。“节子，快！快吃苹果！”一听说是苹果，节子眼睛闪闪发亮，接过来就啃，可立刻便说：“不对，这不是苹果！”清太试着咬了一口，原来是削去了皮的生红薯。

大约是因为白白地空欢喜了一场，节子涌出了泪水。“红薯也好啊！快点吃吧。你不吃的话，哥哥可就要吃掉了啊。”清太故意装出强硬的语气，却哽咽起来。

配给如今怎么样了呢？大米、火柴和盐本来是可以领到的，可是由于兄妹俩没有加入居民小组，偶尔刊登在报纸上配给新闻栏中的东西与他们无缘。

菜园远远不够，于是每到夜间，清太便去骚扰农家，去地里生生拔取人家的甘蔗，让节子喝那汁水。

七月三十一日夜里，清太正在地里偷东西，忽然警报大作。他毫不在意，继续挖红薯。旁边就有个露天防空洞，他被躲避在其中的农人发现，遭到好一顿痛殴。待警报一解除，便被人连拉带扯地押回了坑道里，准备用来煮着吃的红薯叶子被手电筒照了个正着，证据确凿。

“对不起，请您原谅。”当着吓得瑟瑟发抖的节子的面，清太跪在地上磕头赔罪，那农人却不依不饶。

“我妹妹生病啦。她不能没有我。”

“少废话！战争期间盗窃农作物可是重罪！”

清太被一个扫堂腿摔倒在地，又被揪住了后背。“还不赶快给我走！送你坐牢去！”

然而派出所的警察却优哉游哉地说道：“今晚轰炸的好像是福井啊。”劝慰几句那满腔义愤的农人，说教了一番，便当场释放了清太。

出了派出所，却见节子不知怎的也跟了来。回到坑道里，清太哭个不休，节子揉着他的后背说：“哪儿疼啊？这可不行啊，得喊医生来打针呢。”那口气简直就像妈妈一样。

进入八月以后，舰载机连日来袭。清太便乘着防空警报发令之后，出去偷东西。

夏日的天空，只见战斗机银光闪闪，远在天边，忽然之间便飞到了头顶，用机枪猛扫，人家都缩头躲在防空洞里，不敢动弹，而清太就盯准了这个时机，从洞开的大门溜进厨房里，顺手牵羊，见啥偷啥。

八月五日夜间，西宫的中心地区遭到轰炸，甚至一向认为事不关己悠游自在的满池谷的家伙们，也都个个吓得魂飞魄散。然而对于清太来说，这却正是个发财良机。在轰炸声和警报声的交响曲中，他潜入了和六月五日那天看到过的一模一样、空无一人的街区，寻觅着可以拿去换米的和服、未及带走扔下的背囊。拿不了的便拂去火星藏在阴沟石盖的下面，蹲下身子避开洪水般奔逃而来的人群。仰脸遥望夜空，只见 B-29 掠过滚滚浓烟向着山区飞去，海边方向已然没有了危险，他竟然想手舞足蹈欢呼。

尽管慌里慌张手忙脚乱，他还是净挑些方便交换的色彩艳丽的和服拿，可到了第二天，却没有东西来包裹那些耀眼夺目的长袖和服，只得塞在衬衫和裤子下面藏掖着，走着走着便要滑落下来，于是清太用双手抱住像青蛙一般膨胀起来的腹部，运到农家。然而这一年水稻收成似乎不佳，农民们早早地便开始惜售了。近处到底有些顾虑，清太便一直跑到了水田里到处是炸弹坑的西宫北口、仁川一带，却只能换回些番茄毛豆荷兰豆来。

节子腹泻不止，右半身白得几乎透明，左半边却长满了疥癣，一片糜烂，用海水洗拭的话便哭着喊疼。去夙川站前的医生处求诊，医生却只是说："要补充营养啊。"敷衍了事地用听诊器碰一碰胸前，药也不给开。

说到营养，也就是鱼肉、鸡蛋黄、牛油，再加上麦乳精之类吧。清太想起了从前的好时光：放学回到家里，邮箱里放着爸爸寄来的上海产的巧克力，稍稍有些腹泻便将苹果礤碎了，用纱布挤了汁喝。

那似乎都是很久以前的事了，而实际上直至前年，家里还是要什么有什么，不，就在两个月前，妈妈还用糖水煮了桃子，打开蟹肉罐头给大家吃来着。什么因为不爱甜食而没吃的羊羹、嫌臭扔掉的外国大米便当、黄檗山万福寺难吃的素斋、第一次吃的难以下咽的面疙瘩之类，如今简直像是做梦。

那一迈脚，脑袋就会摇摆不已，到哪儿都不肯释手的布偶人，节子也无力再抱它了，不，就连那布偶人脏得乌黑的手脚，都比节子的粗壮些。

清太坐在夙川堤坝上，旁边是一个装了一板车冰块的汉子，正在吱吱地锯着冰。清太捡起掉在地上的碎冰屑，塞进节子的嘴巴里，让她含着。

“肚子饿了吧？”

“嗯。”

“想吃什么？”

“天妇罗，还有生鱼片，还有天草琼脂。”

很久以前，家里养过一只名叫贝尔的狗，清太不爱吃天妇罗，偷偷地留下来扔给了它。

“没有了吗？”

把想吃的东西说出来，哪怕只是回忆回忆那滋味也好。去大阪道顿堀看戏回来的路上，吃过名店“丸万”的海鲜火锅，说好了每人一个鸡蛋，妈妈却把她那一份给了清太。跟爸爸一起去南京町[1]的黑市吃中国料理，见那拔丝山芋拖着长长的丝，清太便问道："咋吃腐烂了的山芋？"结果招来一阵哄笑。装慰问袋时，偷偷地藏下了一块黑麦芽糖。也常常偷吃节子的奶粉，还在点心店里偷过肉桂。远足时也曾把苹果分给只带了点心和奶糖的家境贫困的同学。想着想着，清太忽然想到还得给节子增加营养，于是坐立不安，再次抱起节子回到了坑道里。

眼看着横躺在那儿、怀抱着布偶人昏昏欲睡的节子，清太心想：要是割了手指头把血给她喝会怎样呢？不，少一根手指也没关系，干脆把手指头的肉给她吃了吧。

"节子，头发碍事不？"

唯有头发充满了生命力，使劲疯长。清太扶她起身，给她梳好辫子，梳理头发时手指碰到了虱子。

"哥哥，谢谢你。"头发梳理整齐后，节子眼窝的凹陷更明显。她不知是咋想的，拾起手边的两块石子。"哥哥，给。"

"这是啥东西？"

"饭呀。想不想喝茶？"她忽然精神起来，"再给你来点煮豆腐渣吧。"像办家家似的，她排列好土块和石子。"请吃吧。你不吃吗？"

八月二十二日中午，清太在贮水池游完了泳，回到坑道里一

① 神户南京町，即神户的"唐人街"。

看，节子死了。

节子又瘦又弱，皮包骨头，此前的两三天连声音都发不出来了，大个儿的蚂蚁爬到了脸上也不驱赶，只有在夜间，眼睛似乎在追逐萤火虫的光亮，声音微弱地哼着："飞上去啦。飞下来啦。啊，停下来啦。"

清太在一周前知道战败已成定局时，不禁怒声吼道："联合舰队是干什么吃的?！"旁边一位老人听到之后，满怀自信地断言："那玩意儿老早就沉到了海底，连一艘也没剩下。"那么说，爸爸的巡洋舰也沉没了吗？他望着从不离身早已变得皱巴巴的爸爸的相片呢喃："爸爸也死掉啦，爸爸也死掉啦。"那种真实感远远超过对妈妈之死的感觉。

一定得和节子坚持活下去的勇气终于彻底丧失，清太只觉得万事都无所谓了。不过为了节子，他仍然在附近的乡村四下转悠，衣袋里装着从银行取出来的好几张十元纸钞。有时鸡肉要一百五十元，大米急速涨价，一升要四十元，买来给节子吃，然而她已经吃不下去了。

夜里，暴风雨大作，清太瑟缩在坑道里的黑暗中，将节子的尸骸放在大腿上，迷迷糊糊刚要睡着，立即又醒过来，用手抚弄着她的头发，将自己的面颊贴在她那早已变得冰冷的额头上，欲哭无泪。狂风嗷嗷地号叫，猛烈地摇撼着枝叶，倾盆骤雨之中，忽然错觉袭来，清太似乎听到了节子的哭泣声，又仿佛四下里涌起了《军舰进行曲》。

翌日，台风过尽，秋色骤然加深，天空中没有一丝云。沐浴着阳光，清太抱着节子爬上了山。到市政府登记时，却被告知火葬场已经排满，一个星期前的都还没来得及处理，只领到了一草袋特别配给的木炭。

“还是个小孩子嘛，找家庙，借个角落烧了就行啦。把衣服都脱干净了，用黄豆壳引火可好烧啦。”配给所的汉子似乎行情甚熟，教导清太说。

清太在俯视满池谷的山坡上挖了个坑，把节子放进箱笼，布偶人、钱包、内衣裤等全部塞在了四周，按照人家传授的那样，垫上大豆壳，铺好枯木头，再撒上木炭，将箱笼放在上面，用火点燃涂有硫磺的木柴，扔过去，大豆壳便噼啪噼啪地燃烧起来，烟飘飘摇摇，须臾化作一条烟柱直冲云霄。清太感觉到便意，一边望着那火焰一边蹲下身来。慢性腹泻就此扰上了清太。

随着暮色降临，每当风吹过，木炭便低低地发出呼号，红光摇曳，黄昏的天空中星星闪烁。俯瞰山下，两天前开始解除灯火管制的山谷中，家家户户可见星星点点的令人怀念的灯光。四年前，爸爸的表弟要结婚，为了调查对方的情况，清太曾经和妈妈一起走过这一带，远远地遥望过那位寡妇的家，那时的记忆同此刻的光景毫无二致。

夜深了，火焰燃尽。捡拾骨殖时，由于黑暗而寻找不到，清太索性横躺在坑旁。周围是无数的萤火虫，然而他不再去捕捉：这样节子就不会感到寂寞了吧，有萤火虫做伴呢。飞上去飞下来又飞向了一旁，用不了多久，萤火虫也会消亡的。跟着萤火虫一起去天国吧。

黎明时分清太醒来，节子白色的骨殖像蜡石的碎片一样，又细又小，清太收集起来走下了山。寡妇家后面的露天防空壕中，妈妈的长和服腰带窝成一团浸在水里，大概是她把清太忘掉的衣物扔在了那里，清太捡起来，搭在肩头，再也没有回到坑道里去。

昭和二十年九月二十二日下午，横死在三宫车站内的清太，跟其他二三十个流浪儿的尸体一道，在布引山上的寺庙中被付之一炬，遗骨作为无人认领者安置在纳骨堂内。

美国羊栖菜

烈日当空，天上涌出了一点白，正凝神守望，便见它化作了一个圆，在圆的正中央，现出了一个微微摇摆的核儿，像钟摆似的，盯准人的头顶飞落直下，那玩意一准是降落伞。然而在它涌现出来的天空上，既不见飞机的踪影，也听不到飞机的轰鸣。

哎哟，好奇怪！还没来得及生疑，降落伞便以优雅的动作，飘然降落在枇杷、白桦、柿树、栎树、百日红、绣球花随意组合成片、栽得严严实实的庭院前，既没挂在树枝上，也没碰落叶子。

“Hello，how are you?”一个瘦削的洋人，对了，是一个像帕西瓦尔将军[①]似的红毛鬼，笑嘻嘻地说道。

纯白的降落伞，仿佛斗篷似的披在红毛鬼的肩头，然后滑落在院子的泥土地上，化作了一片白雪。

人家既已打了招呼说过哈啰了，总不能置之不理呀。可如果答说“阿姨爱慕白梨个来的图西油（I am very glad to see you）”，

① 帕西瓦尔，英国人，二战中曾任马来西亚英联邦军队指挥官，1942 年 2 月 15 日在新加坡向日军投降。

对这位不速之客，不不，这个是否应称为客人的令人生疑的红毛鬼，又实在欠妥。但如果说“胡啊油（Who are you)”，又太像是在逼问：你小子是什么的干活？什么的干活？什么的干活？连问三次还不回答的话，便砰的一枪崩了你小子。

胡思乱想些什么！总之得先问候：哈呜、哈呜、哈呜 (how, how, how)，从下腹蠕动着爬上来的话，黏附在口中，出不来了。

记得以前有过这般尴尬的场面。那究竟是什么时候来着？

正在苦思冥想时，俊夫总算从睡梦中醒了过来，身旁是老婆京子，她如同虾米一般蜷曲着身子。

在她屁股的挤压之下，俊夫紧紧地面对着墙壁，睡相局促。于是他恶狠狠地一把推了过去，只听见“啪嗒”一声响，什么东西从床上掉了下去。

俊夫立时恍然大悟：掉落下去的正是入睡前京子口中念念有词读着的日常英语会话读本。而一旦明白了这一点，刚才做的那个奇怪的梦也就释然于怀了。

今天傍晚，俊夫素不相识的一对美国老夫妻就要到他家里来玩了。

一个月之前，京子举着四边印有红白蓝三色斜条纹的航空信封，兴奋地说道：“他爸，希金斯先生说是要到日本来啦。咱们请他们住在家里吧，啊？”

希金斯夫妻与京子是今年春天在夏威夷相识的。

俊夫开了一家电视广告片制作公司，尽管挺小，可是得与赞助商协商，得到摄影现场坐镇，过着作息极不规律的生活。

他打算作点补偿，最主要的还是因为在航空公司里有门路，弄到了便宜机票，于是便将京子和独生子启一打发去了夏威夷。尽管不无与身份不般配的心虚感，可好在小本生意算起账来一锅烩，旅行的花费算作经费开支即可。

俊夫颇有些担心，尽管京子在短期大学里学的是英语，可还拖着个孩子，结果终会如何呢？

谁知也许是出于身为女人的优势，她觍着脸皮无拘无束，竟在那里结识了大批的友人，其中便有希金斯。

据说他是从国务院退休，靠退休金生活，三个女儿均已出嫁。也不知在职时身居何等高位，夫妇俩相亲相爱地结伴周游世界，优哉游哉怡然自得。

"他们那边的人亲情淡薄得很，就连父母子女，结婚以后也如同路人一般呢。"京子将自己平素对待父母的刻薄撇在了一边不问，"我觉得对他们热情一点也没啥吃亏的，就给了他们一些照顾。谁知道他们竟然无比感激，还说我比亲生孩子还要可爱哩。"

于是，对方又是在旅费仅为五百美金的她根本无从奢想的高级宾馆里请她吃饭，又是包租下一架飞机邀她一同周游诸岛，甚至京子回国之后，对方还在启一生日这天寄了巧克力来。京子则寄去了民间工艺风格的花席子作为答礼。

每周总有一封航空信穿梭飞越太平洋，如此一来二往，最终到来的便是这访日的通知了。

"他俩人可好啦。他爸，你也总得去美国呀，有个熟人的话总归胆子也壮一点嘛。他们还对启一说啦，叫他一定要去美国上大学呢。”

小算盘也不知道是如何算计的，启一才三岁，就算要上大学，也得再等上十五年呢，退休官员的老命能坚持到那一天么？

俊夫原想嘲弄她两句，可京子那听来好似如意算盘的台词，无非为款待那夫妇俩总需破费而作的辩解。因为美国人要到家里做客，而感觉荣耀无比，飘然忘形：“人家可早就在说啦，说什么想到我家看看，还想会会我丈夫呢。”

什么都还没告诉俊夫，便先断定，他肯定会应允。

“阿启啊，希金斯爷爷和婆婆要到咱家来啦。你还记不记得？爷爷对你说哈啰的时候，你不是还挥着手说拜拜来着么。”京子咯咯地笑出声来。

哈啰，拜拜，“日美亲善”吗？二十年前的此时，“日美亲善”可正玩得热火朝天呢。

“美国乃是一个绅士之邦。号称‘来的罚死他 (Lady First)’，尊敬淑女，注重礼节。至于那个什么‘来的罚死他’，暂时与咱们无关。可这礼节么，我却担心你们会做出什么无礼的举动来，让人家美国人还以为咱们日本是个野蛮国度呢。”

英语教师从前是出于无奈教授敌国语言，也许是为了弥补那份自卑感，训斥起学生来如同蜜蜂一般勤勉。但这家伙生来是个胆小鬼，一遇上空袭，便蜷缩在防空壕里，一边瑟瑟地颤抖，一边口诵般若心经。然而他战后却摇身一变，判若两人，第一次上课时便如此说。

他在黑板上大书“THANK YOU”“EXCUSE ME”，顺势做出轻蔑的表情，傲视四周：“就是写了，只怕你们也念不好。”于是又用假名注上了读音：“散可有。爱酷似可有米。知道吗，要在‘可有’这里加上重音。可有！”在那“可有”旁边吱吱吱用力地画上了一道线，由于势头过猛，粉笔折断，飞了出去。

众同学面露轻蔑的笑意：“呵呵，又来了。”

两个月之前，教师还将课本抛在一边，高谈阔论什么“本土决战天佑在我”，在黑板上写“鬼畜美英”时，必定是满腔仇恨喷溢而出，在黑板上嘎吱一声折断粉笔。

老师教导说：简而言之，仅仅是面带微笑说上一声“可有”，美国先生们也能理会的，明白了吗？

于是“可有可有”地操练了一节课。下课之后，大家去填埋围绕校园挖了一圈的防空壕，碰着了一块石头也说声“可有”，别人要求帮忙一起抬粗大的支柱时也说声“可有”，它立刻变成了流行语。

我们说不来英语，那也是理所当然的事。进了中学，学了三年，能够拼写出来的不过是 black 和 love 之类，记得住的好歹像那么回事的英语单词是“俺不来了 (umbrella)”，连人称代词“阿姨、蚂蚁、米 (I, My, Me)”也区别不清。

昭和十八年入学，好像是第一学期先学罗马字的读法，回到家里读出了黄油容器上印着的“北海道兴农公社”，便是我头一次解读横写文字。

“及思一丝阿派嗯 (This is a pen)”还没来得及读顺口，英语课便全部改作了军训课，唯有下雨的日子才仍然由英语老师到教室里来讲课，然而他大谈什么：“总而言之，美国的大学到了周末，就搞什么舞会之类的，只晓得吃喝玩乐呀。相比之下日本大学生啊……”管自赞美起“学徒出阵”来。

“你们只需学会说‘噎死 (Yes)’和‘孬 (No)’就行啦。攻占新加坡的时候，山下将军朝着敌将帕西瓦尔喝问道……”

说到此处，他还砰的一声猛拍了一下桌子：“到底是噎死还是孬？何等之气魄呀！”他仿佛面部神经痛似的抽搐着面颊，将两只眼睛瞪得如铜铃。

尽管有考试，然而那日译英的题目为“她的家”，即便你写成了“She is house”，依然能够得分。

红毛鬼的象征帕西瓦尔将米字旗和白旗拢在一起，力不胜支地扛在肩头，短裤下面露出纤弱的毛腿来。

“别看红毛鬼子长得人高马大，可腰杆却软弱得很哩，那是坐椅子坐出来的。可咱们日本人是在榻榻米上生活，这种正坐，可以让腰杆变得强壮！”柔道教师站在墙上挂着的“照顾脚下”匾额下吼叫道，“所以对付红毛鬼子，只要一把揪住他的腰，给他来个腰飞、内绊、外绊，一招就能撂倒他。明白了吗？站起来！”

自由练习时的假想敌也是帕西瓦尔，将那个低首垂眉、看上去可怜巴巴的老爷子嗨地摔出去，迅速按倒在地，勒住脖子：到底是噎死还是孬？噎死还是孬？

到了二年级，则是去农村干活，塞班岛陷落之后又开始疏散建筑物。

大家将榻榻米、拉门、隔扇、雨窗等建材用大板车运往附近的国民学校，房屋里变得空无一物，消防队便往顶梁柱上缠上粗绳，把它拉倒。

显而易见，居民们是匆匆忙忙地弃家离去，连浴缸里的洗澡水都依然如旧，厕所的屋檐下还晾晒着破破烂烂的尿片之类。还有画着布袋和尚的挂轴、加藤清正样式的三叉戟、空空如也的存钱罐。

我们心想，这可是战利品，便把它们藏在了树篱中，后来拿回去一看，还有厚厚的一册书，上面写的全是英语。

“莫不是有特务吧？”

“兴许是密电码呢。”

大家一面絮叨着，一面哗啦哗啦地翻阅。一干人等仿佛寻宝似的瞪大了双眼，寻找有无自己认识的单词。终于，班长发现了一个“silkhat”。

“就是说，是丝绸帽子啦。”

当他喃喃地道出“丝绸帽子”一词时，刹那间，裸露的地板、古旧的挂历、柱子上护身符剥落后遗留下的痕迹悉数消失，现出了头戴丝绸大礼帽出席晚会的光景。

有个同学感触良深地喃喃道：“是吗？西路苦哈特（silkhat）原来就是丝绸帽子的意思啊。”

直至今日，我一听到西路苦哈特，依然还会条件反射般浮想起丝绸帽子来。

一眼看到矮饭桌上赫然放着希金斯那让京子掩饰不住兴奋的第一封信，看到航空信那花里胡哨的镶边，俊夫就不禁感到心惊肉跳。

那不安与其说是出于对英语毫无自信，怕京子提问时只好摇头摆手一问三不知而无比难堪，毋宁说是收到了美国人的信函，不知所措。

然而京子却喜洋洋乐滋滋的，好像已然读懂了来信，对内容作了一番说明之后，问道："我得写封回信呢。咱公司里有没有人能帮忙给翻译一下？"

"这个么，大概有吧。"

"拜托！回信我已经写好啦。"

接过来一看，只见上面罗列着女学生用的华美词藻，俊夫脑中当即浮现出公司里一两位把将来赴美一事视作既定方略坚信不疑的年轻职员来，打算请他们帮忙翻译。然而他认真地重读一遍后，感觉"蒙两位垂青错爱，拙夫亦感激涕零"一句颇为不妥，于是撕碎扔掉了。

第二封来信接踵而至，其中写道：附近住有日本人，可以麻烦他们代为翻译，尽可不必挂虑，只管使用贵国的文字写好了，盼望读到愉快的回信云云。

京子深为他们的善心美意打动，用俊夫从京都买回来的一种名贵的信笺，写了一封长信寄过去。

俊夫没有过问那封信的内容，但京子似乎是毫不隐讳且不无炫耀地将家中实情和盘托出："希金斯先生说了，电视制片这一行在美国也是最被看好的职业。还说工作肯定很忙，千万要当心身体。听见了吗？这是对你说的呀。”

然而世上既有连好莱坞的大电影公司也垂涎三尺、企图收购的电视片制作公司，也有至多以五秒十秒为单位制作广告短片的公司，像俊夫这样的，无非薄利多销的生计，只不过在电话号码簿上倒是都归类于相同的一栏。

他甚至没有心情去解释个中的差异，只是心不在焉地似听非听，京子便犯了急：“他爸，你要是也去美国该多好呀，那可是镀金啊。”

“弄到现在才去，也太晚啦。连阿猫阿狗都到海外去旅行，索性一趟也不去，没准反倒物以稀为贵呢。没有受到过半瓶子醋的外国文化毒害嘛。”

“你那是吃不着葡萄说葡萄酸，语言倒是用不着担心的，船到桥头自然直嘛。”

京子自打定下了要去夏威夷旅行的计划，便去买了英语会话唱片，练习通过海关时的应答、购物时的用语等等。到最后，她有了个发现：“听说人家是不喊爸爸妈妈的，而是喊爹地跟妈咪来着。妈妈这个词儿，据说是指下流的女人呢。”遂如法灌输给了启一。

这下俊夫不干了，他尽管已认可当今世上没有人再称呼“父亲大人”，接受了“爸爸”这一称呼，却也忍受不了“爹地”这个叫法。

经过一番唇枪舌剑，俊夫难得地坚持了强硬立场：到夏威夷去的话姑且不论，可人在日本的时候还是得喊“爸爸”！

直到战败为止，我也不曾好好地学过英语。学校里教的是书面英语，而战败之后，却开始教授英语口语，其象征便是那个名为“Come come everybody”的广播英语讲座。

到了中学四年级时，ESS（英语口语协会）又粉墨登场了。

学校里的一位高才生，在由柔道场改成摔跤部的建筑前的向阳处，张口就问道：“瓦茨麻辣子油 (What's matter with you)？”

我还以为“茨麻辣”大概就是“兔毛肉 (tomorrow)”，那么，恐怕他的意思便是“明天干什么”喽。

还没等我理出个头绪来，那位学兄便讪笑道：“你说什么‘瓦特一丝麻特位子油 (What is matter with you)’，人家是听不懂的。你得说瓦茨麻辣子油。”又甩过来一句“哈巴孤它一亩（Have a good time)”，便和一群同伙纵声狂笑。

读完了四年级我就弃学不念书了。父亲战死，母亲又是痼疾缠身，由念女子学校二年级的妹妹操持家务，我起先是在袜子厂里打工，然后是在电池厂，还接了一份给《京阪日日新闻》拉广告的活儿，支撑着三张吃饭的嘴巴。

有一次，我忙里偷闲在中之岛公园里瞎逛时，突然有一个女人冲着我说：“你是学生仔吗？要是学生仔的话，想拜托你一件事。”

我身穿七颗纽扣的海军飞行预科练习生制服，下面两粒纽扣弄丢了，裤子是自小腿以下便细下去的棉制骑马裤，在当时算得上是正儿八经的装束了，许是这一点赢得了她的信赖。

她告诉我，她想跟美国大兵交朋友，问我能不能陪她一起走过桥去。

我顺着她的视线往前望去，果然，一个大兵正百无聊赖地眺望着浮在河面上的船只。

“我会谢谢你的。只要你明天等在这儿。”

然而我尽管会打招呼，说“哈呜啊油”，却从未跟红毛鬼子试过。

正在犹豫不决之际，大兵大约是觉察出了这边的气氛，走近了，一头说“私葵子 (Squeeze)”，一头将厚墩墩的巴掌伸了过来。

我一时间没弄明白“私葵子”的意思，不过想起了英语老师同时还兼任着棒球部教练，有一次曾对部员们解释过：“这个私葵子呀，就是挤榨、捏紧的意思。把雪紧紧一攥就变成了雪球，你们不是学过吗？”大家听得目瞪口呆。

于是我提心吊胆地攥紧了他的手。那大兵看了我一眼，似乎是在说，不过如此嘛，仿佛团起纸屑一般漫不经心地反过来将我的手一攥，痛得我几乎一蹦三尺高：他大概是想在女人面前显示一番。见我皱着眉苦着脸，女人笑出声来，于是那大兵抓住时机赶紧跟她攀谈起来。

女人为难地看着我。我虽然零零碎碎地听懂了“内母 (name)”、“服软的 (friend)”等几个单词，却还是丈二金刚摸不着头脑。

升入四年级，学校总算开始了正式的授课，然而英语教师却人数不足，临时雇来的老师则光解释些象声词：日本管电车铃声叫“铃铃铃”，在美国却说成“叮咚叮咚”；猫叫声不是“袅袅”而是“喵喵”；鸡鸣声“喔喔喔”变成了“扣枯嘟嘟儿”之类。而且还认真得要命，在单词卡的正面写上“铃铃铃”，背面写上“叮咚”。

更有甚者，老师还说什么“黑看孬特比靠呐的 (He can not be cornered)”，就是“他是不可置诸一隅的”。学生们不甚明白，狐疑不已。那位老爷子教的净是这一类玩意儿。

因为是跟这样一个家伙学的英语，那大兵说的话对我来说，纯粹就是洋大人说胡话。

可总得说点啥才行。于是我便用手指头交替指着大兵和女人，口中竟迸发出一句不曾想到的绝妙的话：“大不露 (double)，大不露。”

大兵心满意足地连称“OK”，顺手搂住了女人的肩膀，命令我道：“踏苦戏！”

周遭的确时不时地驶过一辆辆像是背上揹了只大皮包的出租车，然而我对拦车的方法一无所知。

正在犯难时，大兵从手册上扯下一张纸，用圆珠笔一个字母一个字母地大书道“TAXI”，塞到眼前来，好声好气地催促我。

大概是明白了没有指望，他终于敦促着女人迈步走开了。

我凝望着那用真正的英语写下的“TAXI”，宛如从电影明星手中索来了签名一般，像宝贝疙瘩似的藏进了胸袋里，小声地模仿着大兵的发音。

第二天，我又去了那里，心中并无所图，然而女人却已经等在那里了，不无夸耀地抱着半磅装的“MJB”咖啡筒和“好时”可可罐头。“你晓得哪儿有人买这种东西吗？”

我告诉她，中之岛公园的咖啡馆成了美军应召女郎聚集地，到那儿去的话，便会有一些人专门收购大兵们用以替代金钱的咖啡、巧克力、奶酪、香烟等物品。

她恳求道：“你帮咱去卖掉好不好？咱付劳务费。”

我走到那家琼脂豆馅卷和奶油面包一个十元、咖啡一杯五元的店里一看，那些人不在。不过一看到我手中的东西，立刻便有一个商人模样的胖女人招呼道：“咱买下啦。”

她拿出一个像是公车售票员用的那种大大的黑色钱包，漫不经意地递过四百块钱，问：“有没有香烟？一条出一千二百块。”

店里还有一个一望便知是应召女郎的人，正用出奇动听的歌喉唱着：“Only five minutes more，give me five minutes more.”

说起歌来，我也会唱英文歌。

那时候，讨论会、罢课，还有搞乐队和打棒球似乎构成了中学教育的全部。讨论会由各班的饶舌鬼们充任代表，争吵什么“校服是非论”。

是也罢非也罢，有余裕穿得起校服的还不及一半，女生们却令人感佩地穿上了水手服。记得好像是战争结束那一年的岁暮，在炸塌了的大阪城护城河畔，五六个裙袂翻飞的女生翩跹袅娜，突如其来地出现在了大手前中学的学生眼前，看得他们瞠目结舌。

当然，我的妹妹此时还是穿着扎脚裤。在尚未升格为中学的高等小学，即便是女生，身穿战争期间的服装也是理所当然的事。

搞乐队是由那帮家境富裕的校服族提议的，连乐谱都没有，却先凑齐了乐器，演奏《你是我的阳光》《峡谷的灯光》《意大利庭院》《科罗拉多的月亮》，而像样的作品则是探戈舞曲《假面舞会》。

汇报演出时，一位风传已然到桥本的烟花巷里去找过女人的五年级学生——住在附近的地主家少爷——对这支探戈作了介绍："作曲者是罗德里格斯。"

对于"罗德里格斯"这庄严的语音，我们都感触良深。而据报纸上报道说，连皇太子也在唱《闪烁的小星星》。

中之岛的纪念照相馆老板在外语专科学校旁听，由于英语说得好，我便在他有空时，以香烟屁股之类为诱饵，向他学习英语会话。

反正是替女人与当兵的斡旋。虽说是斡旋，一天也就一两个，都是面如菜色、瘦骨嶙峋的女人，听说到这里就能结识美国大兵、就能赚到巧克力而赶来的。年轻的大兵们却并不知晓中之岛是猎取姑娘的风水宝地。或许是思恋故乡吧，他们忧容满面地伫立在其时还是流速湍急、河水清澄的堂岛川边，我则将这两者撮合起来。

女人多是不谙风月的良家妇女。轻而易举地赚到手的猎物，却不明白如何换成金钱，我便拿了去卖给那些中间商，还能挣得些介绍费，高达百来块钱。

这与一边拉广告一边推销摄影画报和报夹相比，远为合算。既然如此，便又是"阿姨后扑有还无阿古德他一亩 (I hope you have a good time)”，马屁乱拍，又是“挖特卡阴德傲夫破贼心毒油拉一课 (What kind of position do you like)”，皮笑肉不笑地，连确切的意思也未弄明白便信口开河、胡说八道，逗得大兵们开怀大笑。诚如京子所说，船到桥头自然直，所说的英语无须几日便颇像样了。

偶然遇到旧日的同学，他们居然不在意我那副寒碜样，倒是对我跟大兵们用英语交谈大感诧异，好像还在学校里四下宣扬，于是常常有一帮家伙跑来看我是如何做翻译的。

希金斯的访日一经决定，京子便再度热心地学习起英语会话来，并对启一也灌输道：“古毛宁！早上起床后该说‘古毛宁’哟。来，你说说看。”还说什么“他爸，你也来学点嘛”。

希金斯先生来了以后，总得招待他们去看看歌舞伎、爬爬东京塔，不管怎么说，在夏威夷人家待咱们可真不赖呀。

“我这么忙，哪来的时间！”

“两三天时间总抽得出来吧。在美国，人家夫妻俩可总是出双入对的哟。在夏威夷的时候人家就老是问：你先生怎么没来呀？我只好说他随后就要来的，这才蒙混过关。”

别满口胡言！不正是因为老子拼命干活，你们才能去游山玩水吗？

俊夫心头大冒无名之火，然而一想到他们当真来了，自己领着他们参观东京市容——啊，右边望见的是日本最高的大楼，卢克啊特热弱呀特比儿丁，再特一丝热哈一丝特 (Look at the right building，that is the highest)——便垂头丧气到了极点。老子凭啥得重新拾起中之岛上拉皮条一般的营生来呢？

如此肆无忌惮地跟美国佬有说有笑你来我往，还真行呐！走在银座街头，年轻人兴高采烈地跟美国佬谈笑风生的场景常常映入眼帘。其中还有人居然恬不知耻地挽着美国姑娘，理所当然似的走在大路上。

我们当年，的确也曾跟大兵们搭讪过。

在拥挤的电车里面，大学生极度紧张地跟一旁的大兵们搭话："What do you think of Japan？"

一人耸耸肩，另一人则眼睛瞪得溜圆："Half good，half bad."

大学生如闻纶音，满面严肃地点头称是，接过刚才耸肩的那位大兵递过来的口香糖，就像卷香烟卷一般，用手指将它一圈圈地卷成一团，塞进了口中。整节车厢里的人都艳羡不已地望着这一幕。

那时节，为什么大兵们只要见了人就又送口香糖又送香烟呢？是出于置身不久以前还是敌阵之处的胆怯，还是出自对饥饿者的怜悯？可口香糖也填不饱肚皮呀！

昭和二十一年的夏天，我和家人住在大阪郊外的大宫町，大约是因为附近就住着农家，配给粮经常误期或短缺。

妹妹一天要跑好几趟粮站，去看店前面的黑板，可总也不见有配给通知，只好垂头丧气地走回家来。我将家里搜了个底朝天，却只有岩盐和发酵粉，思来想去，百般无奈，只好拿来用水溶化了，两个人喝了下去，可任如何饥肠辘辘，那滋味也实在太难吃了。

恰好这时，剃头匠老婆袒露着母牛般的乳房赶来通知：“来配给啦！说是七天的量呢！”

望眼欲穿的我们拿起过滤味噌用的小竹箩，起身便要走。且慢！既然说是七天的量，那么这玩意儿恐怕装不下，还是拿个口袋去吧。

之前，基本上都是零打碎敲式的配给，只不过是两三天的量，一家三口加在一起，也就是一小把，拿只大个儿的口袋都感到难为情，便习惯于拿着小竹箩去了。今天却将那小竹箩扔到了一边，直奔粮站前，一看，堆得满满的全是美军的草绿色纸板箱。

“我家老公，自打退伍回来，就不中用啦。”

“那可不是正中下怀。俺家那口子呀，天这么热，人家刚洗好澡舒舒坦坦的，他就扑上来了，烦死人啦。”

一群婆娘大剌剌地连说带笑，等候在那儿。我听得明白那些话的意思，便对跟来的妹妹说道：“你回家等着去。”

妹妹稍稍有些凸肚脐，曾经一度无衣可穿而上身赤裸，一个早先干过护士的婆娘眼尖舌利，一看见她便口无遮拦地张嘴就说：“啊哟哟，小小的多可爱呀。不过呀，等到将来你在你老公面前光着身子的时候，可就要丑死咧。”

不是奶酪便是杏子，草绿色的纸箱早已司空见惯了。这不是大米，而是美国的配给物资。糖渍杏子虽然不喜欢吃，可奶酪却好像很滋养人，拌进味噌汤里鲜美无比。

在众目睽睽之下，粮站的大爷拿出牛耳尖刀来，将纸箱一刀割开，露出来的是红红绿绿的耀眼包装纸裹着的小盒。见众人大眼瞪小眼，大爷解释道：“这是大米的代用品。够吃七天的口香糖——这一箱。”说着抽出一个首饰盒模样的盒子来，这便是三天的量。

纸箱里放有五十包口香糖，每包为五片装。我抱着一家三口七天的口粮，总共九箱，沉甸甸的，颇有大丰收的感觉。

妹妹飞扑上来。“哎呀，这是啥东西呀？”一听说是口香糖，她欢喜得连呼带喊。

母亲取出一盒来，供在了战死的父亲的遗像前，还“叮”地敲了一下钲。疏散时，母亲用上等礼服和近处的木匠换来一个连漆都没漆、粗拙至极的佛龛，父亲的遗像就在佛龛上。

接下来便是全家团聚一堂共享晚餐：剥开口香糖的皮，闷声不语地“吧嗒吧嗒”狂咬狂嚼。按估算，一餐大概可享用二十五片，一片一片地嚼实在令人不耐烦。追逐着口中大嚼的口香糖未几便依稀消逝的甜味，再将新的抛进嘴里，然后再塞进一片。如果光看嘴角的话，倒也颇像在大口咀嚼豆沙面包或红豆馅团子。

“这，一定得吐掉才行吧？”妹妹用指头托着嚼碎了的褐色口香糖问道。

“是啊。”话才出口便意识到，得靠这口香糖度过七天！

有句俗话说，喝上一肚皮茶水，聊充一时之饥。而这丝毫无助于果腹充饥的口香糖，甚至连茶水都算不上，只能让人徒然装满一肚皮唾液，反而刺激得饥饿感更如刀扎般袭来。这份悲惨这份愤怒，让人泪水夺眶而出。

结果我们赶在黑市关张之前把它卖了出去，拿着那钱买回玉米面来，终于疗治了饥肠，倒也没有视之如仇的道理。然而靠着那口香糖，是绝不足以果腹的。

“Give me cigarettes”，“Chocolate, thank you”。但凡有过向大兵们乞讨东西的经验，哪怕只有过一次，恐怕都觉得难以那般洒脱自如地同美国人交谈。

不！那些家伙面孔像猿猴似的，美国人则高鼻梁凹眼眶，任凭如今某某人如何说日本人的面孔别有风味、肌肤细腻，可那究竟是不是由衷之言呢？

我时常在啤酒屋里看到坐在邻近餐桌的外国水兵，虽衣衫褴褛，五官容颜却俨然是文明人，不知不觉便会看得发呆。

与周遭的日本人相比，他们难道不是十分引人注目吗？体型也是。瞧瞧人家那粗壮结实的手臂和魁伟雄健的胸膛，比肩而立时，难道就不觉得自惭形秽吗？

“希金斯先生祖上据说是英国人呢，长着一副白胡须，看上去简直就像个舞台明星。”

无须多听京子说明，以夏威夷著名的黑沙滩和钻石山为背景的彩色照片上，赤裸的希金斯虽说胸肌松弛了，可小腹依旧是紧绷绷的，一旁的太太年纪一大把了，却穿着比基尼。

“肤色白，立马就晒黑啦。虽说身上多毛，可毛质又跟咱日本人的不一样，软得很，是金色的，还闪闪发光，可好看了。”京子认为终究是食物不同才会如此，回来后有好一段时间整天让启一吃肉，但到底没能持之以恒。

可是这几日又念叨起来了："美国人爱吃牛排。日本的牛肉味道好，一准会让他们喜欢。"

算是事前预演吧，冰箱里冷冻了大团的牛肉，京子每天晚上煎牛排，一会儿是嫩煎的，一会儿是中熟的，如同宾馆里好管闲事的侍应生一般口若悬河，滔滔不绝。

想是在夏威夷见识过了，晓得那是礼法，她在西式马桶的便座上套了一个粉色毛巾布做的套子。又是担心家里的日式浴槽不是西式浴缸，又是杀灭蟑螂，还打算将卧室让给那夫妻俩住，买好了一个床垫准备给自家睡。西式房间里装饰上塑料花还不够，她居然将自己和启一在夏威夷拍的照片，甚至结婚照也扩印得大大的，挂了起来，这好像是从美国的电视剧里得到的启发。

起初俊夫还提出些意见，后来见一切都由京子一手操持，自己反而轻松，只作壁上观即可，便袖手旁观廉价的改头换面工程日复一日向前推进。

在中之岛拉皮条的那段日子里，念书时的同学——心斋桥一家肉铺的孩子曾问我："你认识美国人的话，能不能带上一个到俺家里来？俺想招待他吃饭。"

问他是怎么回事，他说，他那卖肉发了财的老爹因为钱赚得太多而提心吊胆，新造的房子里甚至安了用电动装置控制的门，钱多得不知道该如何花才是。肉铺老板爱热闹，常常开宴会，说是想宴请一趟美国先生。"他们特地跑到日本来，也够辛苦的，就算是表达谢意吧。”

如果替他们介绍的话，说不定我也能分上一贯[①]肉，于是满口应承下来。我向一个名叫肯尼斯、出身于得克萨斯的二十一岁男子拼命解释了一通，陪同他一起去拜访位于香里园的宏伟别墅。

地板上铺着虎皮，请肯尼斯坐下后，摆上了好像是特地到饭馆订的、配有正副两套大餐的日本料理。肯尼斯的两条长腿无处可放，而鲤鱼味噌汤、鲷鱼生鱼片之类又不可能合乎口味，他便一个劲地喝贴有麦酒标签的啤酒。

未几，府上的孩子们伴着“影乎柳乎勘太郎乎”，跳起了白相舞，我是羞得无地自容，肉铺老板却管自拿着烟袋吸烟丝，反反复复地念叨着唯一记住的英文词“加盆扒一扑（Japan pipe），加盆扒一扑”，一脸的洋洋自得。

总不至于重蹈那覆辙吧，可万一希金斯面对京子亲手做的菜，苦着脸拒不接受……近来启一听一遍电视里的歌曲就会唱，装模作样地模仿“烦死人”之类的歌。万一京子怂恿他：“来，唱一支给爷爷听听。来此行（Let’s sing）！”……仅仅是想想，俊夫便觉得热血汹涌澎湃，猛蹿到头上来。

“这件睡袍行不行？”京子扯破了百货店的包装纸，拿出件深红色的睡袍，“这是特大号的，你穿上试试看。”接着不容分说就把它套在了俊夫身上。俊夫身高五尺七寸，在日本人里面算得上

① 日本旧度量衡的重量单位。1 贯约合 3.75 千克。

是人高马大，穿上正合身。

“他比你要高出这么些吧。”京子伸出手掌比画着俊夫与希金斯的差距。

就请希金斯暂且忍耐忍耐。至于他太太，则说让她穿日式浴衣。

“美国人平均身高为一米八〇，日本人则是一米六〇，相差二十厘米之多。万事皆因此而差啊。鄙人以为这便是败因所在。这种根本性的体力差距，势必会在国力上体现出来。”历史巨变之后，教授社会课的老师曾经如此说。

这位老师说起话来难辨真伪，弄不清他是在信口开河还是乱吹法螺，这是他的拿手好戏。也许他是为了掩饰自己手拿着涂抹成一片乌黑的教科书，从宣扬“神国日本”摇身一变，大谈“民主日本”的尴尬。

战后美国第一次在埃尼威托克岛实验原子弹之际，他耸人听闻地威吓道：“如果引发无限的连锁反应，地球将即刻化为齑粉。”还俨然先知般预言：“战争废墟下面做自来水管道的铅管都被美军强制征缴，作为防辐射的物资运往美国本土了。这表明第三次世界大战正在逼近，美苏之间必有一战。”

不过，相较于这一切，身高差距即国力差距一论更不言自明，令人刻骨铭心。

昭和二十年九月二十五日下午，晴空万里。记得那一年从夏天到秋天似乎日日是响晴的热天，实际上当然并非如此，也有台风提前造访，田间的稻子忠实地勾勒出风过的痕迹，打着旋儿倒伏下去。这情形与歉收的预想紧紧相联，令人心情萎靡。

总之，不管是八月十五日还是九月二十五日，天气好极了，好得简直想称它为“美国青天”。说是美军终于要到来了，这一天学校放假——其实原本就几乎没有课，整天光忙着清理废墟。不知怎的，我满心以为这帮家伙要乘飞机、坐轮船来。

我从当时所住的神户新在家废墟中的窝棚出来，朝着海边走。国道上，带挎斗的摩托车雄赳赳地疾驰过来，车上坐着帽带系在下巴上的巡警，面孔板得铁紧。一百来米之后，是吉普车（我过后才想到）和挂着车篷的卡车。比起摩托车来，它们显得更为肃然，蜿蜒地延绵成行。

我茫然地注视着这汹涌疾驰、源源不断逼至眼前的纵队。

六年前的一个夜晚，我也在国道上送过日本兵的卡车部队。

部队在神户港等了将近二十天的船，士兵们就住在普通民宅里。我家里也来了两个，都成了我的玩伴。

他们是在近九点钟时忽然出发的。我跟着母亲一块儿站在人行道上，望着数不胜数的卡车和默默登车的士兵。偶尔传来仿佛怪鸟嗥叫般的号令声，住在我家的士兵被淹没在黑暗中，辨认不出。不久，响起了“打个胜仗，凯旋回乡，勇猛无双”的歌声，但那恐怕是错觉。总之我泪水如注、涕泗横流。

卡车沿着国道向西进发，夜空中两条探照灯光柱纹丝不动，映照出了云朵。

沿着这国道，同样由东向西，此刻却是美军车队在疾驰。起初我还像清点货车车厢的节数一样，眼睛追逐着他们，然而车多得没完没了。

“哟，美国佬竟然把钓鱼竿都带来啦。”不知何时，国道旁形成了一道头戴战斗帽、腿缠绑腿的人墙，一个露着木槌脑瓜的小孩嚷道。

大家仔细一瞧，果然，那些吉普车的后车身都插着一根钓鱼竿似的柔韧的细杆儿，随着车子的震动摇摆不停。

“难道美国佬是拿着钓鱼竿打仗吗？到底不一样啊。”一个老者叹道。

也不知道有啥不一样，可一想到美国大兵也跟我们一样，要去东明一带的海边钓鳊罗天鳙鱼之类，便觉得不可思议。

然而旋即，便有一个好像早早就复员回乡的年轻人说道：“那是收音机的天线。”嗬，还带着收音机去打仗。对此，我自然感到心悦诚服。

忽然，既无招呼又无号令，车队戛然止步。此前看似汽车部件、身着与车辆相同颜色军服的美国大兵，仿佛弹射出来一般，端着枪蹦出车外，跳到了道路上，然后优哉游哉地倚靠在车身上，注视着我们。他们面孔呈赭红色，犹如鬼脸一般。

“什么白人啊，胡说八道，明明是赤面鬼呀。”大约是所想的相同，一个跟我年龄相仿的人战战兢兢地说道。

东边相隔两百来米的地方起了一阵喧响，分不清是欢声还是悲鸣。远远看去，只见两个美国大兵被众人围在当中，高出一个头，不，应是高出一个肩膀来。

我朝着国道方向靠近，想瞅瞅是怎么回事。不知何时，两个大兵已经走过来，站在与我相距约两米的地方，嘴角蠕动不休。他们将口香糖一片片地剥开，随手抛了出来，那副满不在乎的神情令四周之人愕然。

美国大兵发出指示，要人们把扔在路上的口香糖捡起来。第一个捡起来的家伙与其说是出于乞丐根性，毋宁说是害怕不捡会遭到责骂，得到了口香糖也毫无喜悦的表情。一个上穿皱巴巴的白色衬衣，下着短衬裤，脚蹬茶色短靴，袜子用吊带吊着的爷叔率先伸手去捡，然后成群的人一哄而上，仿佛抢食豆粒的鸽群。

直至那时为止，我原是毫无此意的，然而近在咫尺地看到美国大兵，便想起了柔道教师那说书先生一般的语调："对付红毛鬼子，只要一把揪住他的腰，给他来个腰飞、内绊、外绊，一招就能撂倒他。"尽管并非故意，我也盯着他们上下打量，仿佛在估摸分量。结果大失所望。

帕西瓦尔将军只怕是个例外。眼前见到的美国大兵，胳膊像树桩，腰肢像石磨。那光泽明艳的裤子跟我们这身国民服有天壤之别，更别提裤子里强壮有力的屁股了。

我只是因为武德会的温情才得了个柔道初段，倘若是一根高大的芦苇，只凭一只脚也对付得了，可面对这些美国大兵，我哪里是对手。我满怀赞叹之情，注视着他们那健壮魁梧的体格，心里想：啊啊，日本被打败啦，这也不奇怪。干吗要跟这样的巨汉打仗呢？就算拼刺刀对付他们，只怕我们的木枪反而会啪地折断。

不一会儿，大兵们撒得厌倦了，回到了车上。有两三个人还恋恋不舍地跟在后面追，大兵们忽然身姿矫捷地举枪瞄准，吓得那些家伙魂飞魄散。大兵们笑了，而我们这边人墙里也涌起一阵哄笑。

第二天，我去海关劳动。把海关大楼里的文件从窗口扔下去，借大扫除的名义将它们销毁。其实不便为美军看到的东西，早就已经付之一炬了。现在这种做法无非是胆小如鼠导致的疯狂行为。

那些文件正面虽然印有线条，背面却是一片雪白。我说可以做笔记本，文具店还在账本背面写字呢，这玩意儿可太好了，反正也要烧掉，还不如我拿回家去用，于是塞进了腰间。可人家真不愧是海关，这趟走私行动立马案发，结果本子全部化作了灰烬。

就在三个月前，我们在海关前面集合，穿过周边鳞次栉比、密密麻麻的三井和三菱的仓库，来到小野海滨的沙滩，帮助修建日本最新锐的高射炮的防护墙。这种炮口径为一百二十五毫米，号称能将一万五千米的高空的钢板射穿。

小队长向我们解释道："该炮与雷达连动，可以完成正面迎击、正上方射击、尾追射击三种发射方式。"据说神户的防御因此堪称铜墙铁壁，然而高射炮却仅有六门。

小队长还让我们瞅了瞅双筒望远镜，分明是白昼，却能清晰地望见木星。

六月一日，B-29 轰炸机沿着大阪湾向大阪袭来，这六门口径一百二十五毫米的高射炮猛然开火，予以迎击，结果一架也没有击落。然而士兵们满不在乎。

我恭维道："好厉害呀，开炮时还会喷火。"

他们竟一副若无其事的神情，回答说："所以叫火炮。"

三个月前帮忙迎击美国佬，现在却是为了欢迎他们而大扫除。不同之处是修阵地时特别配给了一个面包，而战败之后的劳动却总是付现金，一天一块五毛钱。

在海关劳动的午休时间，我去了咫尺之遥的小野海滨看了看。高射炮，还有像烤鱼用的铁网般的雷达，统统踪影俱无了，沙滩上只躺着二三十根水泥管。海面上，美国的小军舰列队疾驰，在清扫他们自己布设的水雷。

"希金斯今年多大年纪？"俊夫忽然想到此事，便问道。

京子却不知其详："有六十二三吧？怎么啦？"

"他有没有说打过仗？"

"咋会说那话呢？人家到夏威夷是去玩的，哪里会有人提这种让人讨厌的事。"

末了，京子加上一句："人家又不是你。"说着，慌忙又加上一句："不行哟！人家来了你可不许谈论什么战争。如果听说你爸爸是战死的，大家都会感到心情不愉快的。"

每当有年龄相仿的客人来访，俊夫酒醉之余一准要唱军歌，谈战争。大概是因为被置于局外插不上嘴而愤愤不平，京子总是满腹牢骚地抱怨："简直就像傻瓜一样，反反复复说同样的话。"

大概正因如此，她才这般叮嘱的。但不必多虑，俊夫根本就不具备跟美国人讨论战争问题的英语能力。

“令人不快的记忆，别去提它才是最好的做法。可你瞧，每年一到夏天，就又是战争纪实，又是回忆，铺天盖地，让人看了心烦。当然，我自己也记得妈妈背着我钻防空洞的情形，也有过吃面疙瘩汤的经历，可是年复一年，逮着战争往事没完没了地翻底刨根，真讨厌。简直就是拿着痛苦向别人炫耀。”京子动了真格，愈说愈激昂。

被如此数落一番，俊夫只能沉默不言，别无他法。

在公司里和那帮年轻人聊天，一不小心说走了嘴，谈起空袭、黑市如此这般时，那帮家伙便会浮出薄薄的笑意，显然是在说：瞧瞧，拿手戏又开演啦。俊夫便感到不安袭来，觉得就像大久保彦左卫门吹嘘自己鸢巢山一战拔得头功一般，每吹嘘一次，那话就膨胀一轮，担心这夸张会被对方看破，无限感慨地慌忙中断话题。

八月十五日，尤其是第二十五周年的八月十五日，大概要被当作老人无益的唠叨了。

八月十五日，我躲在位于新在家废墟中的防空洞里，照料着母亲和妹妹。

一个十四岁的孩子说照料别人，委实可笑，然而在当时的日本本土，十四岁的男子汉却是值得依赖的。下雨时，将化作一片汪洋的防空洞里的水舀出去；断水时，赶去井边打水挑水。这些都非我去干不行。因为母亲患有神经痛和哮喘，是半个病人。

如今回想起来，有一天，来通知说有重大新闻要发布，我忘了是前一天还是当天早晨的新闻。哪怕是烧成了废墟与焦土，居委会却依然存在。

众人在烧塌了的墙根旁边用白铁皮围了个屋子，或者在防空洞上搭上三尺来高的屋顶。住在这种屋子里的左邻右舍还为数不少。

也不知道是何人通知的，在烧毁了的青年团办公处前面聚集了三十来个人，大家七嘴八舌地猜测："这下恐怕是戒严令。"

"准是陛下要亲自担任总指挥了。"

十四日这天，大阪遭受了大轰炸，神户也受到了舰载机的机枪扫射。大家压根儿不曾料想到，第二天战争居然就结束了。

什么"五脏为之俱裂"，"忍其所难忍、堪其所难堪"，听到那不像人声的广播时，大家都仿佛着了狐狸的魔道一般。后来听到播音员又将诏书庄严地重读了一遍，大家这才关掉了收音机。谁都模模糊糊地感觉到：啊，战争结束了。可谁都不敢贸然率先开口，害怕日后遇上麻烦。

"这个……就是说缔和喽。"居委会主任说道，他那剃光了的脑袋上生出了短发茬，白发颇为显眼。

"缔和"这个词，让我联想起了大阪夏战或是冬战时，德川家康与丰臣秀赖的缔和，并没有战败的真实感觉。我在烈日下呆立半晌，有好一会儿甚至没留意自己已经大汗淋漓了，大约是有些兴奋。

我径直回到了防空洞里，说："妈妈，好像不打仗啦。"

"那，爹爹要回来了吗？"正在用梳子篦头发里乱爬的虱子的妹妹首先问道。

母亲则一言不发地用痱子粉揉搓着细弱的膝盖，过了半晌，只说了一句话："可得当心点。"

"哥哥，有东西掉下来啦。是 B-29。"妹妹嚷道。

我正在防空洞里对着自己的胸口呼呼地吹气，以求些微的凉意，还以为又是炸弹。

"傻瓜，还不赶快躲进来！"

"不对。是降落伞哟。"

我战战兢兢地探出脑袋去一看，早已是日暮时分，晚霞斜挂在六甲山上，在晚霞的映照之下，大海上空愈发显得湛蓝。三架 B-29 轰炸机仿佛溶入了天空里，远远地飞走了。我回头仰望，只见头顶上，数不清的降落伞巧妙地不即不离，似乎拥有自己的意志一般，微微倾斜着向西飘去。

我将由于害怕而搂紧了我的妹妹拥入怀中，弯下身子以防万一，声音颤抖着："这是啥东西扔下来了？"

听说在广岛投下的新型炸弹是原子弹，那玩意儿也是吊在降落伞上的，可总不至于扔下这么多来吧，何况是在一望无际的废墟上。降落伞接近地面时便放慢了速度，好似滑行一般，横着降落在地面上。正值傍晚时分，风平云静，地表没有一丝微风，它们便纹丝不动地停在了那儿。

像端着枪似的拿着铁锹的爷叔，热得发臭却还戴着头巾的老太……众人在白铁皮顶的窝棚里进进出出，指点着降落伞，周遭一片奇妙的寂静。

率先奔过去的是个中学一年级学生模样、赤裸着上身的孩子。我也是对越可怕的东西越是好奇，不管三七二十一，走过去瞧瞧再说。

第一个降落伞落在了已经改作红薯地的网球场中央，白布的中心处依稀隆起，也不知道是不是炸弹。尽管知道那就是投下来的东西，可谁也不敢走近。

“不能过去！离开！离远点！”警察举着大喇叭连呼带吼。

我爬上幸免于难的青桐树，想弄清是怎么回事。偶然向西边望去，只见白色的巨块如同弹坑形成的水洼，沿着国道蜿蜒。我立即将这发现告诉大家：“哇！投下来好多呀！”有的白色巨块周遭聚集起人墙，而落在国道之外、靠近海边一侧的降落伞，却未被人们发现。

“我家防空洞旁边落下来一个。”一位老太前来求救。

“光说落下来一个，可那到底是啥东西呢？”尽管大家都瞧见了降落伞是如何落下来的，可都没看清投下的东西是什么颜色、什么形状。

“好像是大大的四斗酒樽似的东西。防空洞里还放着鸡蛋呢，去拿的话会不会有危险？”

对未爆炸的哑弹、定时炸弹之类的恐惧缠绕心头，所以无人敢轻易允诺，众人只是提心吊胆地遥望着那些鼓满了若有若无的风、不时呼呼喘息的白色怪物。

“唰唰唰”，一队士兵靴声齐鸣，跑步赶了过来。啊哟，太好啦，爆炸物处理班来了。然而仔细一看，来的却是十来个光着上身的汉子，既没带长枪也没拿短剑，他们分散开来，毫不犹豫地扑向了降落伞。

四周的人墙不由得一哄而上，缩小了圈子。扯去白布之后，只见下面是草绿色的大圆铁桶。烧毁了的大圆铁桶常能见到，可这是新的，光滑晶亮，外面写着细小的英文和数字。士兵们三人一组，将它横着向里放倒，既不顾前后也不管左右，呼隆呼隆地推着它从长满了红薯叶子的田埂上滚过去。

“那是啥东西？不是炸弹吗？”一个人直截了当地问道。

“这是投放给俘虏的东西。人家美国佬安排得可真叫无微不至。”

在胁滨设有一处俘虏收容所，俘虏们常常在防波堤上搬运货物。这些居然是投给俘虏们的东西？

“打今儿起，咱也想当俘虏啦。”一个士兵油腔滑调地说道，他还拿出了香烟，“味道可好啦。罗斯福，啊不，是杜鲁门给发的工资。”说着，他递了一根给警防团的爷叔。“里面可是要啥有啥。”说完，他用脚蹬了一下那终于滚到了马路边的大圆铁桶，把它推上了排子车，咯噔咯噔地拖着走了。

众人随即也星散而去，一面纷纷议论道：这要啥有啥的百宝箱，与其送给俘虏，还不如自己昧下来。贪欲先于敌忾之心油然而生。我朝着看准了的目标——国道外边靠近海滨一侧的白色巨块猛冲过去。

天色已经昏黑，废墟距黑暗一步之遥，笼罩在与六月五日空袭时相同的黑烟里。在一片暗黑之中，就像当时朝着防空洞狂奔一样，我盯着白色的降落伞疾跑。直到昨天，我见到天上有东西掉下来还要逃开，今天却穷追不舍。然而每只大圆铁桶周围都已经像蚂蚁似的挤满了大人，手拿着铁锤撬杆，费尽心机想把它撬开来。仅仅是站在远处围观也会遭到厉声斥骂。

走回防空洞的半路上，我在漆黑中听到了刚才那位担心鸡蛋的老太的尖声怒喝："掉在俺家的地皮上，当然就是俺家的。随你说啥，俺也不给你。滚开去！滚开去！"

军队出面居间调停：虽说是投放给俘虏的东西，可量实在也太多，就由各个居委会负责公平地分配给大家。而且，谁也说不准几时美军就来了，得抓紧分掉。如果大圆铁桶里还有食品以外的其他东西，得马上上交，如果被发现携持那些东西，弄不好会被立即处以死刑。居委会连哄带吓，每一处分得两只铁桶，已经撬开过圆铁桶的那帮人自然就多得一份。

翌日下午，在广场上，开始瓜分圆铁桶里的东西，可所有的东西都包装成绿色，弄不清里面是什么。

"就没人懂英文吗？"居委会主任讪笑着问。聪明伶俐的知识分子全都疏散到乡下去了，剩下来的净是些土生土长的白铁匠、木匠、裁缝、卖香烟的、卖咸鱼的、信教的爷叔、小学训导。连我都做上了防空训练的小头目，习惯了在大人面前装模作样，可英文我不行。

"喏，为了防止不公平，咱们一只一只打开来看看好啦。"一个圆铁桶里面，如果全是鞋子或香烟的话，就由居委会给大家均分好了。

先打开了一只细长的箱子，只见里面是奶酪、豆子罐头、绿色的卫生纸、三条香烟、口香糖、巧克力、干面包、肥皂、火柴、果酱、橘子酱、三盒白色的药片，像儿童便当似的塞得满满的。这玩意儿每户先发两箱。打开圆罐子看时，奶酪、咸肉、火腿、豆子、砂糖之类挤得严严实实。

我恨不得将在场的家伙全都杀光，好独占这些东西。周围之人的心思其实都跟我的一样。当大量的砂糖猛然涌现在眼前，人们不免喟然长叹。

每当看到“奢侈就是敌人”、“我们都不要，直到胜利那一天”这类政府的宣传标语时，我就觉得说的是砂糖。奢侈就是砂糖，胜利的话就能尽情地大吃砂糖。谁想这东西竟会在战败这一天从天而降呢！而且还分到了许许多多别的宝贝，其中有满满两大捧卷曲而细小、如同棉纱屑的黑色东西。唯有这东西，大家猜不透是啥玩意儿。但谁也没有工夫去猜测真相。

从绿色箱子里拿出来的东西，哪怕是沙子，也要同别人的量进行一番比较，再小心翼翼地收藏好。甚至连脱脂药棉都出现了。戴眼镜的老阿姨提议道：把这个分给女人吧。警防团的汉子勃然变色：“不允许搞不公平！”一句话便顶了回去。

为何女人想要脱脂药棉，我隐隐约约也能猜出个究竟。母亲在房子被炸毁之后不久，曾经去药房咨询过：“月经晚来了好多天。”一个年龄相仿的顾客搭话道：“我也是这样。”后来连药房老板也掺和进来，谈论了一会儿让人难堪的话题，最后叹道：“反正连棉花都没有，这样反倒省心了。”战祸之后，听说停经的人增加了许多。

“不知道美国人啥时候就会来。这次特别配给可是吞了俘虏的物资，大家可得赶快处理掉。不怕一万就怕万一。”居委会主任提醒道。

我回到防空洞后，首先强调了这件事。节省吃食已成为习惯，倘若哪天只有豆子，我便会盯着配给不放，仿佛上当受骗了一般，痛哭流涕。

尽管如此，我却没有在途中舔食砂糖。因为异常兴奋，我一心想赶快回到防空洞里，仿佛这一切是自己的功劳，想炫耀卖弄一番。

母亲听从了我的意见，在安置于防空洞一隅的父亲照片前供上了干面包和香烟。我品尝了一番美国特别配给后，方才意识到：如果父亲的灵魂真的存在，他会如何看待此事？夺过杀死父亲的美英的物资，拿来供奉在父亲的灵前，实在是怪事一桩。

“这是啥玩意儿？”静下心来，我望着那黑色的棉纱屑，心想，这东西看来好像得整治整治才能吃。闻了闻气味，放进口中吮了吮，还是不明所以。

“我去问一问。”因为一心想吃，我飞奔出去，向附近的洗衣店老板娘打听。

她也是莫名所以：“反正总得用水发一发，然后再煮吧。样子跟羊栖菜好像呀。”

对啦，如此说来，从前有一种小菜，是将羊栖菜用油炸了吃，听说是大阪商家的学徒们爱吃的美味。

我立刻把那裂成两半的小火炉用铁丝捆扎好，生起了火，将幸而未被炸毁的锅子放上去，按照老板娘说的那样煮了起来。汤水的红褐色越来越浓。

“羊栖菜是这样的吗？”我问母亲。

母亲拖着不灵便的腿脚走过来，说：“怕是涩汁儿煮出来了。美国羊栖菜的涩汁儿可真够多的。”

我将汤水小心翼翼地倒掉，换上新的水再煮，可那红褐色总也除不掉。煮到第四遍时，汤终于变得清澈了，于是撒上岩盐调味，等水分收干后尝了尝味道，黏糊糊的，只是有点嚼头，难吃得要命。要论难吃，第一得数像黑色乌冬面的海宝面[①]，可比那个还要没味道，嚼了又嚼，也只是一味地黏在口中，咽不下去。

“这是怎么回事？不对呀。会不会是煮过了头？”妹妹和母亲都吃了一口，一脸诧异的表情。

“美国人也吃这么难吃的东西。”母亲低声嘟囔。

然而怎么也舍不得扔掉，心想，既然已经煮透了，大概不会坏，于是连锅子一块儿收藏好，拿出口香糖来清清口。

家家户户都没弄懂这美国羊栖菜该如何烹调。三天后，居委会主任从士兵们那儿打听明白了，回来告诉大伙儿：“那玩意叫布拉克体（black tea），是美国的红茶茶叶。”

那时，家家户户的防空洞里，已经连一片茶叶都没剩下了。

废墟与废墟之间细细的小道上，扔满了口香糖的包装银纸。

---

① 日本战后的一种代用食品，用海草和少量淀粉制成，亦称海草面。

有一个家伙最先侵吞了圆铁桶，发现里面装的全部是口香糖，任凭他如何拼命大嚼也吃不完。万一美国佬来了，可就危险了，加之嘴巴疲惫不堪，于是他一个劲地分发给小孩子。小孩子却如同嚼肉桂一般，嘎吱嘎吱地嚼了一通，一旦甜味消失便立即吐掉了。起初还宝贝疙瘩似的将那银纸的皱纹展平，像折纸一样收藏好。可如此之多，也丝毫不觉得宝贵了，随手扔得路上比比皆是，简直像下了一场雪，在夏日的阳光下闪闪发光。正所谓藏头露尾，这倘使被美国佬看见了，侵吞一事便会立即暴露，却无人理会。

此次所获不久便告山穷水尽，唯有那砂糖，却只舍得一点一点地舔上一小口，一直留到最后。大家又回到了杂烩粥和面疙瘩汤的日子，那口香糖的银纸，就像节日过后扔满神社的五颜六色的垃圾，又像在一片茶褐色的风景之中，留下的关于美国特别配给的美梦。

对于俊夫而言，美国就是美国羊栖菜，废墟上的夏日之雪，包在光洁的华达呢里的壮实的屁股，伴着一声“私葵子”伸过来的肥厚手掌，代替大米要吃七天的口香糖，Have a good time，同身高只及自己肩膀的天皇站在一起的麦克阿瑟，“可有可有”，装有半磅 MJB 咖啡的咖啡筒，车站上黑人士兵喷洒的 DDT，清理废墟的孤独的推土机，装着钓鱼竿的吉普车，美国平民人家装饰着闪烁的电灯泡的静静的圣诞树。

为了迎接希金斯夫妇，在京子死乞白赖的请求之下，俊夫派了公司的车子赶去羽田机场。京子殷殷问道：“他爸，你也一起去吧？”

假如以工作忙为由拒绝，似乎有点假。其实俊夫也担心，如果自己拒绝，内心怕会被她看破：为什么会如此害怕？于是他与妻子一道去了忙乱的机场。

京子有过海外旅行的经历，显然颇感自豪，她在国际航班候机处一带悠然踱步。

“看，阿启，咱们就是在那儿上飞机的对不？那对面就是海关了。”

“我到酒吧去一趟。”因为还赶得上时间，俊夫乘电动扶梯上了二楼。

“威士忌，不兑水不加冰块，双份。”仿佛酒精中毒症患者，他举杯一饮而尽。

“坚决不说英语。”这是今天早上醒来后，俊夫首先暗下的决心。尽管想说也说不来，可就怕中之岛时代那磕磕绊绊的片言只语出乎意料地擅自苏醒过来，情急之时会脱口而出。俊夫打算从一开始就给他来个“欢迎欢迎”，或者是“你好”，管他希金斯先生是摸不着头脑还是如何，既然到了日本，就得说日本话。我连“Good night”也绝对不说。一杯酒下肚后，打中午起就一直悬在嗓子眼儿的那颗心终于安定下去，反而感到一种准备迎击来犯者的亢奋。

留着胡须、身穿棉布裤子、足蹬橡胶人字拖、仿佛正到邻近小城游逛的美国青年，个子高得吓人、成双结伴的出游者，步履匆匆轻车熟路、一望便知办事干练的中年汉子，跻身于老外之中、眉梢上挑肤色混浊却笑容满面的日本旅客，一律下巴宽大头发厚实的夏威夷日裔第二代……各色人等从出口一窝蜂涌了出来。

“嗨，希金斯先生！”京子尖声喊道。

举目望去，只见一位身穿藏青色轻便西服上衣、灰色裤子，系了一条皮领带的似曾相识的白胡须男子，和一位与相片上相比显得娇小、嘴唇涂抹得通红的老妇人，不断地点着头，仿佛是在说“认出来了认出来了”。他们走过来，与京子拥抱，抚摸启一的脑袋。

京子的英语猛然之间卡了壳，只说出了一句“How are you”，便无以为继了。为了遮掩自己的尴尬，她指着俊夫，说：“My husband.”

俊夫则挺胸昂首，伸出手说：“欢迎欢迎。”声音稍稍有些含混。谁知对方竟然结结巴巴地用日语回了一句：“你好，初次见面请多关照。”

这完全出乎预想，俊夫慌张失措，心想这下总得回敬句英文才是，他东拼西凑地冒出了句“Welcome very good”。话说得支离破碎，前言不搭后语。

希金斯笑眯眯地仍用日语答道：“非常高兴能来到日本。”

“啊，这个这个……”俊夫不禁支支吾吾。

京子比手画脚，好歹操着英语同那位夫人交谈。夫人问候俊夫：“How are you？”俊夫便回了一句同样的问候。那坚定的决心早已不知飞到了何处。

以“来的罚死他（Lady First）”为借口，老夫妇同京子坐在后座，俊夫带着启一坐在副驾驶席上。

“希金斯先生你真坏，原来你会说日语啊，可在夏威夷时却一句不说。”

“不是的，那时候我是缺乏自信。不过这次因为要来日本，所以拼命回忆起来的。”

据说战争期间，他在密歇根大学日语学校学习过日常会话，昭和二十一年还来日本待了半年左右。如此说来，当年曾经流传过这样的流言蜚语：大兵们假装不懂日语，在街头走动，如果听到有人说美国的坏话，便立马把人抓起来送到冲绳去做苦工。问他在日本干什么，希金斯回答说做新闻工作。俊夫想：昭和二十一年，日本还到处都是废墟。

车子从羽田机场出来，沿着高速公路飞驰时，俊夫颇为得意，几次想问：“如何，日本变样了吧？”照理本该是希金斯感到惊讶才对，然而每当京子介绍披挂着灯彩的东京塔和高层建筑时，反倒是夫人附和道：“Wonderful.”希金斯却闷声不响。

“希金斯先生，你喝不喝酒？”

“喝。”他似乎无比开心地点头，向回头问话的俊夫递去一根雪茄。

“散客油（Thank you）。”俊夫对使用英语已经没有了犹豫。

雪茄好像是要用剪刀将一端剪掉后再抽的，而美军将校们则是用牙齿咬断，然后呸的一声吐掉。这该怎么办？正束手无策，却见希金斯用硕大的舌头专心地舔着雪茄，仿佛头脑中已然只有那雪茄了，那样子望去颇似动物。见他似乎是在寻找火柴，俊夫不失时机地将打火机伸了过去。

“这儿就是银座。”车子下了高速公路，向着地处四谷的家里开去，临近银座四丁目时，俊夫终于按捺不住，开始做起了导游。据称这里的霓虹灯甚至比纽约、好莱坞的还要壮观，俊夫心想，这下总该惊讶了吧！可谁知人家答道：“银座，我知道的。曾经有个 PX[①] 嘛。”还没来得及指给他看 PX 就是这家和光百货店，车子便已经疾驰而过。俊夫忽然灵机一动，提议道：“如果可以的话，去银座吃饭好不好？”尽管家里已经准备就绪，但京子也爽快地同意了，而希金斯似乎是一切悉听尊便，兴高采烈地下了车。

那么，是去“L”“K”这些有外国厨师掌勺的饭店好呢，还是去吃牛肉火锅、天妇罗？正当俊夫犹豫不决时，希金斯问道：“有没有寿司呀？”

“啊？你吃寿司吗？”

“吃。美国也有寿司店。龟寿司店、清寿司店的味道都很好。”

夫人好像总算被熙熙攘攘的人群吓了一跳，不断地询问希金斯。“夫人问是不是在过节。”他笑着告诉俊夫。

很想回他一句俏皮的话，可要用英语说便没有那么得心应手，最终俊夫冒出来一句应召女郎式英语：“Always rush.”这句话倒好像说通了，夫人点点头，便滔滔不绝地长篇大论起来。俊夫却只字不明，只能面带日式微笑，一个劲地点头。

希金斯夫妇二人捏着筷子的上端，很灵巧地夹起寿司。“在美

① 即 Post Exchange，驻日美军基地内的商店。

国也称作‘金枪鱼生鱼片’‘斑寿司’‘黄瓜紫菜卷’。”他们喝着日本茶，简直像在日本住了好多年似的，从容不迫。

“我跟希金斯先生去小酌几杯，你们先回家去吧。”

俊夫问希金斯，这样好不好。对方笑着点头说：“好。”

京子不满地说：“可他们都累了呀。也对不起夫人嘛。”

夫人听了希金斯的解释后，似乎谅解了，不在意地对俊夫说了声“Stag party（男人的聚会）”。

“那，咱们就去买东西吧。”京子结结巴巴地把这意思告诉了夫人，像平日一样叮嘱了一句“别太晚啦”，便带着启一一同走开了。

希金斯仿佛提醒似的对启一说：“孩子，你这么晚还不睡觉，行不行呀？”

俊夫忽然想到：在美国，夫妇二人出门时，习惯将孩子留在家中，长篇漫画《白朗黛》中就是这样的。他不禁有点不好意思。

二人走进公司用来接待VIP客户的俱乐部。

“啊哟，怎么啦？你们跟老外还有生意往来？”

俊夫忙不迭地回答：“不不不。他以前在日本住过，所以日语说得很好。”赶紧打好招呼，免得人家说出失礼的话来。

然而一见是外国人，经理便体贴入微地派了两个会说英语的女招待，俊夫都不熟识，感到有些无聊。希金斯却好似从说不惯日语的尴尬中被解放出来了一般，一下子变得生气勃勃，谈笑风生，不时对俊夫说：“两位小姐一口英语说得好漂亮啊。”过了一会儿，他便又是搂肩又是捏手。

啊哈，这位老爹原来蛮好色的嘛！明白了此事，俊夫便觉得，如果不替他找个女人，就是招待不周，既然如此，明天就给他叫一个应召女郎得了。因为职业关系，俊夫认识不少那一行当的皮条客，便问道："希金斯先生，明天有安排吗？"

希金斯拿出记事簿，翻给俊夫看。"两点钟记者俱乐部，五点钟跟 CBS（美国哥伦比亚广播公司）的朋友见面，一起吃饭。怎么啦？"

俊夫见希金斯在日本的知己出乎意料地多，不觉有些不快。"没什么。晚上也没关系，我想给你介绍一个好姑娘。"

"多谢。"但看上去希金斯并不怎么欣喜。

"跟 CBS 的朋友吃完饭之后呢？"

"大概几点钟？"

"八点钟没问题吧？"

"OK。"

仿佛是在做什么重要的生意，俊夫霍地起身离席，给应召女郎皮条客打了个电话："有个外国佬，上了年纪了。最好是个年轻姑娘。"

外国佬的话，价钱加五成，不过会派个成色十足的去，皮条客应承道。

俊夫还为自己定了个妓女作陪，约好在巢鸭的酒店里碰面。

希金斯倒了大半杯威士忌，一点水都不兑，咕嘟咕嘟一饮而尽，却没有丝毫醉意。行李都装在车里运回家去了，唯有一只皮包却随身带着不放，他从包中拿出一个用厚纸板裱的纸口袋，说：

“裸体照片，是我拍的。”

拿出来一看，只见上面的金发女郎摆着露骨的姿势。希金斯将照片堂而皇之地摊在放着冷盘和水果的桌子上，高兴地望着女招待们哇啦哇啦地吵吵嚷嚷。“我，拍照拍得很好，在日本时也拍了好多。”

哼，只怕是用口香糖、巧克力、连裤袜之类收买和强迫姑娘们拍的吧。俊夫忽然冒出想责问一番的念头，可旋即又忘了，倒是对那些金发女郎涌出了兴趣。突然，俊夫面前飞过细小的脏物，仔细一瞧，原来是希金斯把极细的橡皮线塞进牙缝，捏着两头，拉锯似的拽个不停清理牙缝，脏东西四处飞溅，弄不清是唾液还是牙垢。女招待们颇为在意，拂拭了去，却也没有怪罪他的无礼。然后又去喝了两家，希金斯根本不醉，天真烂漫地不停喝着威士忌。坐在车里，两人还合唱了《你是我的阳光》。

回到家时，已是凌晨三点，将希金斯领上二楼，俊夫来到已熟睡的京子和启一身旁躺下，见枕边杂乱无章地堆放着口香糖和曲奇饼干、香水盒、白兰地、夏威夷土人穿的廉价穆穆袍，想必这些就是从美国带来的礼物。

第二天宿醉严重，俊夫告诉公司的人，说晚一点去上班，便嘎吱嘎吱地嚼着止痛剂，和已经起床的希金斯夫妇打了个招呼。希金斯却是丝毫不见昨夜的醉态，他望着院子里的草地，说：“应该，稍微剪剪草啦。”家里的房间，京子都拼命地整理过了，却没有余力打理院子。用不着别人说，院子里乱七八糟的，杂草丛生，不少地方还可以看见干透了的狗屎。

对于特意为他们准备的冷咖啡，希金斯明确地拒绝了，要求喝日本茶，面包只吃了一片，沙拉和煎蛋连碰也没碰。

他问："附近有没有卖英文报纸的？"虽说报亭肯定有卖的，却懒得专程走那么远去买。

"今天我陪夫人去看歌舞伎。希金斯先生有事要去办。刚才我问过他了。我们在外边吃饭，你怎么办？"京子问道。

俊夫总不能告诉她，自己要跟希金斯一块儿去鬼混。希金斯分明听见了这番对话，却一言不发地又用舌头舔雪茄，俊夫也不便言明自己和他同道，便说："我随便对付对付吧。"

夫人逮着启一，一个劲地说"Good morning. How are you"，教他英语发音。启一似乎很不开心，敷衍了事地复述着，夫人却坚持不懈。

"把启一托给妈妈怎么样？"俊夫在厨房里偷偷地问京子。

"妈妈身体不好。怎么啦？"

"反正今天晚上会很晚回家，让他陪着大人，他会累的，还会染上熬夜的恶习。"

"没关系。他跟夫人很要好，多少能学点英语嘛。要不，你早点回来，在家陪着启一？"大概是担心自己同希金斯夫人外出会受到责难，京子话中带刺地说，"说什么熬夜不熬夜，平时你回家晚的时候，他也是一直不肯睡觉，说要等爸爸。"瞧见风向有所转变，她便乘胜追击。

从院子里传来启一兴奋的欢闹声，原来是希金斯将那种植草皮时买来的、之后就一直扔弃在库房里的剪草机拿出来。他口角叼着雪茄，慢腾腾地操作着，姿势宛似招贴画的图案一般，有板有眼。

“啊哟哟，您就别管它了，希金斯先生。”

京子转过脸对着俊夫说：“人家不是跟你说过么，叫你把草剪剪。那机器太重，我用不来嘛。啊呀，真不好意思。”她满脸不高兴。

京子三人中午过后出了门，说是先去美容院，然后再去看歌舞伎。

俊夫的宿醉虽然已经醒了，却不便径自外出，将希金斯一人撂在家里不管。因此他问正在浴室冲洗割草割出来的汗水的希金斯：“要不要喝点啤酒？”希金斯却反问：“有没有威士忌？”结果，俊夫大白天陪着客人开怀痛饮起来。三点钟，希金斯出门赴约了。

已经太晚，俊夫只好不去公司上班，独自一人继续喝掺水的威士忌。因为百无聊赖，便走上二楼。他瞟了一眼卧室，只见房间里夫人的衣服扔得到处都是。翻了翻提包，发现里面竟有十几条色彩鲜艳的内裤，简直难以相信这些东西居然是那个老太婆的。

晚上七点，两人在N酒店碰头时，俊夫已经酩酊大醉，自个儿欢天喜地：“希金斯先生，两个人你全包了也行哟。我让给你啦。这可是‘难把玩嘎鹿’（No.1 girl）哦。这个这个，鱼子酱，右脑（you know）？鱼子酱天花板，是鱼子酱天花板哟！”希金斯莫名其妙。“就是说那×××，右脑？那天花板，一次拉一克开胃鹅（It’s like caviar）？”还有什么章鱼罐儿。看样子他从前也是此道老手，一点即通，大笑不已："我知道什么是'药袋'哦。"[1]

后来到了巢鸭的酒店，只来了皮条客一个人，昨夜答应得那般痛快，今天却判若两人。"俺手头姑娘有限，忙不过来。因是老外，好歹给您留了一个，就是年纪稍稍大了一点。"说是个三十二岁的女人，从前在立川美军基地待过。

"我那个呢？"俊夫问。

"哎哎，那可是个好姑娘哦，简直就跟新人一模一样！"而且钱还增加了一倍。

"能不能帮帮忙想想办法？这可是生意上的重要伙伴。"俊夫心想：万一希金斯看不中那个三十二岁的半老徐娘呢？不行不行，自己可是刚刚夸下了海口吹过牛，结果却胡乱塞给他一个莫名其妙的女人，这怎么也不行。于是俊夫好说歹说再三恳求。

"也不能不管青红皂白硬来不是？俺只能帮您再问一问。"那人还在装模作样。俊夫表示花多少钱都行。

走进和室里一瞧，只见希金斯避开铺满了房间的棉被，坐在壁龛里，正在摆弄照相机。见到俊夫，他问："可以拍几张小姐的照片吗？"俊夫想了想说："OK，我给你交涉交涉看。"整个一副拉皮条的腔调。

二十分钟后，两个女人来了，皮条客招手将俊夫喊了过去，说："总算搞定了。价钱可得翻一倍。"

"能不能拍照片？"

---

① 此处的鱼子酱天花板、章鱼罐儿、药袋等词皆为对女性性器官的隐喻。

“拍照片？”

“反正他马上就要回美国去，绝对不会有危险的。”

“啊呀，这全得看她们自己了，您自个儿去问问她们看。”皮条客说道。他似乎算准了小姐们不会同意。

那年轻女子是个体态苗条的美人，完全可以去做时装模特。应召女郎出身的那位则下巴凸出，表情严肃，愤愤不平似的将腿横伸着坐下。

这两个女人似乎是头一次碰面，希金斯也一言不发地坐着，如此一来，俊夫益发像个龟奴一般，开口问道：“这个，你叫什么名字？”

“美雪。”年轻女人答道。

“这一位，”俊夫觉得没有使用假名字的必要，“是希金斯先生。”

房间就在隔壁。俊夫将两人领过去，让希金斯先进屋里。

“那位老外喜欢摆弄照相机，说是想拍你的照片。他马上就要回国了，你就是日本女性的代表，无非收进写真集里去。当然，钱是少不了你的……”还没等俊夫说完，那女子就说：“不干不干，别开玩笑了！”简直就像是俊夫自己心怀叵测。她怒目圆睁，狠狠地一口拒绝。

俊夫垂头丧气地踱了回来，却见那应召女郎出身的女子身上只剩下了一件贴身薄衬裙。俊夫趁着醉意，虽然不太情愿，却也脱去衣服，横倒下身子。那女人不知为何故作娇声：“我可是个寡妇呢。”随即鼻子哼哼着骑上身来，浑身的技巧仿佛只为了让自己满足，也不知道是不是老外熏陶出来的，周身乱亲到处乱抓。俊夫却生怕身上落下确凿不移的外遇证据，竭力躲避犹恐不及。隔壁房间里，美少女美雪和希金斯之间，其情其景想必与此处恰恰相反。俊夫在脑海里浮想联翩，全靠着这种种充满刺激的想象才得以完事。进了浴缸这才发现，腋下、上臂和胸口处清晰地钉着几个浓艳的吻痕，他吓得连酒都醒了。

送走那位应召女郎，俊夫打开冰箱，拿出啤酒来，边喝边等，可希金斯总也不露面。俊夫躺下昏昏沉沉迷糊了过去，猛然醒来时，只见两个人正好走进房间来，美雪紧紧地依偎着希金斯，全无先前那浑身是刺的模样。

“希金斯先生日语说得真好。”美雪郑重其事地说道。

“多谢。”希金斯一边说着，一边将照相机的胶卷往回倒。看来照片也拍好了。

皮条客打来了电话，探问进展如何，俊夫答道尚可。皮条客接着说道：“其实，俺这儿还有上等‘黑白剧’，那老外想不想看看？这种好戏别处您可甭想看到。”外加毛片一共三万日元，那位男星本是浅草的一个名角，歇业了一段时间，最近刚刚复出，总之那玩意儿真是件尤物，值得一观哟。“希金斯先生，you know‘黑白剧’？”“No，我不知道。”“呃……就是‘熬补新秀’（obscene show）啦，‘乏啃秀’（fucking show）。”

俊夫胡乱解释一通。希金斯居然似乎听明白了。“我懂啦。”他微微一笑。于是俊夫告诉皮条客：“好，明天就拜托了。六点左右。”随后告诉希金斯：“兔毛肉（tomorrow），在这里演，加盆尼丝难把玩疲溺丝（Japanese number one penis）。”

希金斯颔首。

再次赶赴银座，又一连喝了好几家。希金斯对别人买单请客似乎不以为意，不过倘使他真要掏出钱包来，俊夫肯定会动真格地大光其火，坚决阻止。最后在六本木的寿司店喝完，回到家时，京子还没睡觉。

“既然是跟希金斯先生在一起，干吗不告诉我一声？”她似乎有一肚子的怨气，“这么晚还不回来，人家正担心呢，结果还是夫人告诉我，说是你们两个男人喝酒去了。叫人家出洋相。”接着又不无挖苦地说道：“每天都玩得这么晚，公司方面不要紧吗？已经打来好几个电话啦。”

“要紧不要紧，还不是你请来的客人？所以我才这么卖力，你凭什么还来怪我？”

“再怎么卖力，也用不着每天喝到夜里三四点钟。人家是个老人家了，身体吃不消的。”

那家伙哪里是什么老人家！俊夫很想这么告诉她，却无法说出口。

“那位老奶奶也够失礼的。她甚至连冰箱里面都要查看呢。”京子说。不知道美国是不是也有婆婆习气一说。可说来说去到底是她自己惹来的麻烦，也难怪罪俊夫。京子将身体依偎了过来，而俊夫因为白天那一桩，陪着她睡的话这么大热天穿内衣也不自然，光着身子又怕印儿被看见，只得若无其事地将她推开，说：

“我去洗个澡。”

“不行了。”她说，希金斯夫人将日式的浴槽当作美国式的浴缸，洗完澡之后，就把水放得一干二净。“因为嫌麻烦，我和启一都没洗澡。你也忍一个晚上吧。”京子硬邦邦地说完，转过身去。俊夫如释重负，躺到了被窝里。

俊夫感觉仿佛要被拖进黑暗中似的，充满酒醉后的疲劳，头脑却是清醒的。为何我要如此卖力地讨好那老爷子？好像只要待在希金斯身旁，自己就一心一意地拼命想讨他的欢心，这究竟是为什么？明明他是那个杀死了自己父亲的国度的人，自己却丝毫没有仇恨之心，反而觉得亲切。难道是打算通过请希金斯喝酒找女人，将十四岁时对那位身材魁伟的美军大兵的恐惧之心来个一笔勾销？

降落伞带来的特别配给、据说在美国其实是家畜饲料的豆饼等等，饥肠辘辘却手足无措时得到的那些恩惠，尽管有人说是处理的剩余农产品，但如果那时没有美国人把玉米之类送过来，谁知道要饿死几万人！话虽如此，自己觉得希金斯令人依恋，又是为什么？

希金斯说不定怀念身为胜者进驻日本时的情景，瞧他受到款待时悠然自在的态度，那种说不清道不明的厚颜无耻的神情。希金斯作为胜者进驻日本的时候，不正是人生最为充实的时期吗？他也许认为那段日子难以忘怀，所以一踏上日本，便觉得仿佛又重回了那时。这也不难理解。可是自己却阿谀奉承，如同当年的大人们一样，甚至干起了拉皮条的营生，这究竟是为何？而且这么做了还觉得开心，这究竟又是为何？跟美国佬一道喝杯酒，也不会给自己带来任何好处。莫非我也怀念起那些日子来了？

不，绝不可能。那是一个何等悲惨的年代：居然养成了牛一样的习惯，肚子饿时竟会反刍吃下去的东西，一而再再而三地将胃中的食物倒回口中反复品味。去香栌园游泳时，在水面上被美国人的小艇追逐，差点淹死。在中之岛，美国大兵声称自己介绍的女人逃了，大发雷霆，逮着自己猛揍。怎么看都没有愉快的记忆。

就连母亲，也因为战祸的缘故，终于衰竭而死。自己独自带着妹妹，历尽艰辛。从某种意义上讲，这笔账也可以算在美国佬的头上。尽管这样，一看到希金斯的脸，就想讨他的好，这又是为何？难道就像是被讨厌的男人玷污过的处女，总也忘不了那强暴自己的男人吗？

一夜过后，京子情绪好转了，说今天要乘坐观光巴士游东京，并说这是夫人的强烈愿望。“不是这样的话，我也没机会带启一去泉岳寺玩呢。”京子兴高采烈地说，“今天你怎么办？还是跟希金斯先生一道行动？”

“嗯。”

“早点回家来。今天晚上要在家里请他们吃饭。”

希金斯一大早就起来了，想来他对周边地理一无所知，却居然外出散步去了。“有一所很漂亮的教堂啊。”他心满意足地说着，一面喝着威士忌。俊夫虽然对自己的酒量很有自信，却也无法作陪：公司不能一直置之不问。他便问希金斯愿一道出门否。希金斯却漫不经意地答道："我再待一会儿。你先请吧。"

俊夫无奈，只好将钥匙交了出来，交代他出去时要锁好门。希金斯仿佛多年的食客一般，从容自在。

俊夫告诉公司的职工，来了美国客人，其中不无辩解之意。

由于俊夫从没有同老外交往的苗头，所以众人不免惊异，还有人问："是打算打进美国市场吗？日本的动漫技术在他们那儿评价极高哩。"

俊夫甚至懒得解释。

"要是需要翻译，让我来干好啦。"有个人两眼炯炯放光。

"是美国的阔佬，来玩的。"

"嗨哟，了不起啊。是老朋友吗？"

"是啊，在占领军时代就认识了。"

这话一半也是真情实感。说起美国人，在俊夫看来，哪怕是小孩子，都同占领军是一伙的。可这些年轻人哪里懂得？对于年轻人而言，美国是个必去一次的天国，就好比去善光寺，沾点仙气，贴点金箔，还一点亏不吃，顺便借助门路来个不花钱的旅行。

按照约好的，再次来到巢鸭的酒店，路上俊夫顺便问了一下昨天的情况。希金斯挤眉弄眼地说："非常漂亮。不过，我那些美国模特更加丰满。"见他拿这种事来吹嘘，俊夫不由得涌起了好胜之心：好啊，你等着瞧吧！等见识了日本引以为豪的"黑白剧"，领略了"难把玩疲溺丝"的威容，你可别吓傻喽！

正等着，一对男女在皮条客的引领下出现了。那男子是个小个子，年龄同俊夫不相上下。女人二十五六岁，还装腔作势地行了一个礼，说：“我去换一下衣服，请稍等片刻。”说完退了下去。

皮条客啰唆地来了一段开场白：“说是在老外面前还是头一次表演，不过，那玩意儿可真是了不得。我这种人见了那么厉害的东西都要感到自卑呢。”不一会儿，两个人换上了浴衣躺到被子上。俊夫见希金斯似乎难以看清，便用手指指两人的枕边，示意他不妨移座。皮条客看见后说：“没关系没关系，请坐得再近些，好好地看仔细。加盆（Japan）的四十八式。”俊夫接口翻译道：“佛踢爱特破贼心（forty-eight position）。”希金斯点点头。

那男人仔仔细细地吻那女人，从嘴唇到脖颈，再到乳房，女人的呼吸顿时变得粗重起来。他一点点地剥去女人的浴衣，露出了肌肤。只听见扑通一声闷响，扭头一看，原来希金斯将两只座垫叠起来放在枕边坐着，大概是看得过于专注投入，竟然横着摔了下来。他却丝毫没有难为情的样子，重新坐端正。俊夫心中忽然涌起一种想看他大出洋相的念头。这时他忽地意识到，原来我拼命讨好卖乖，其实是在想方设法叫他出丑认输：叫他喝得烂醉如泥也好，让他迷恋上女人也好，总之是一心想叫那个总是阴阴地笑着、冷静镇定得出奇的希金斯对日本某样东西着迷、屈服——自己企盼的正是这样。

很快，女人全身赤裸。在堪称烦琐的前戏下，她已然不再是演戏了，而是一副发自内心地焦急盼望男人的样子。男人将女人的双腿分开，膝盖跪地，把浴衣前襟敞开，露出那玩意儿来。果然是久经沙场的骁将，到了这个关头仍然不露雄风，那颜色却黑得老道，一副岿然不动静待风云变幻的架势。男人往掌心吐了一口唾沫，缓缓地揉搓。希金斯也伸长了脖子，聚精会神地凝视着。女人似乎有些迫不及待，用两腿将男人的腰往前猛拉，然而男人始终像在祈祷一般，虽然稍稍有了一点隆起，但远不是足以成就好事的状态。男人一面用右手继续揉搓，一面用左手去抚弄女人的躯体，又做出俊夫也不无记忆的、饮酒过量后无法如意行事时的种种尝试，最后终于将身体叠合上去。女人虽然发出了呻吟，可两人显然没能交合。还以为这也属于技巧的一部分呢，但男人的表情中明显地看出了焦躁。只见他再次起身，动手揉搓自身，然而却比刚才缩得更小，离“难把玩”差之千里。女人终于察觉势头不对，转而起身帮忙，可仍旧丝毫不见动静。

转脸看皮条客，只见他一脸苦笑，莫名其妙。希金斯跪坐着，脚边便是男人的脸庞，上面浮着油汗。男人仿佛在祈祷什么，双眉紧锁，双目紧闭，不时像女人似的将两腿猛地张开再伸直。女人也用指尖抚弄男人的胸脯和大腿内侧。完全可以理解那拼死一搏的气概。俊夫简直就像是自己阳痿了一般，不知不觉地在为他使力：这是怎么了？你可是“难把玩”哟！振作起来呀！给美国佬一点颜色瞧瞧！用你那引以为豪的伟大尤物，让他瞠目结舌，胆战心惊！此时此地男子汉再不雄起的话，日本人可就名誉扫地啦！如果可能的话，俊夫简直想越俎代庖亲自上阵。他那玩意儿打刚才起就傲然屹立，待到察觉时，他瞟了一眼希金斯的胯裆，却不见任何变化。

苦斗了近三十分钟后，皮条客实在看不下去了，便问那男人：“阿吉啊，你怎么啦？”“实在对不起啦，万分抱歉。这样的事还是头一遭。”男人仰面朝天躺着不动，连爬起来的力气都没有了，声音嘶哑地这么说。女人也不知所措地说道：“是太累了吧？这种事情可从来没有过呢。”

“那先休息休息。喝杯啤酒吧。”俊夫与其说在面子上对希金斯过不去，毋宁说是出于对那个为一展雄风弄得精疲力尽的男人的同情，将杯子递了过去。然而他却不接，用一本正经的口气说：“实在惭愧。钱我会还给您的。以后如果有机会的话，我不收钱，务必请您观赏一次。”哎呀，不必担心，男人家，这种事常常会发生啦，来来，喝一杯。俊夫安慰道。可是两人却像逃跑一般溜之大吉了。希金斯则一言不发地舔着雪茄。

“这可是前所未闻的事儿，阿吉居然会马失前蹄，太意外啦。”皮条客讲述了许许多多为何称其尤物的佳话，最后笑着对希金斯说道：“该不会是因为外国人在场的缘故吧。”

那个叫阿吉的男人大概三十五六岁，如此说来他会阳痿，的确可能是因为希金斯的缘故。如果阿吉也拥有跟我相同的占领期经历，不，他肯定也有，那么东京和神户大阪虽不同，但只要拥有“给吾觅求银嘎姆”（Give me chewing gum）的记忆，拥有对高大魁梧的美国大兵的体格产生过恐惧的记忆，无法雄起也是理所当然的。在虎视眈眈端坐不动的希金斯的脚边，任那阿吉如何万念皆空，脑海中肯定也有吉普驰骋而过，有“卡姆卡姆爱勿理保底”（Come come everybody ）苏醒过来。联合舰队和零式战斗机都销声匿迹时那种无依无靠、焦土废墟上那燃烧般的刺眼烈日下的无着无落，一下子就像昨天刚发生一般涌上心头，所以他便阳瘘啦。

而这些，希金斯哪里会明白！即便是日本人，如果不是与我年纪相仿的话，只怕也无法理解。能够满不在乎地跟美国佬交谈的家伙，到美国去、生活在周遭全都是美国佬的地方而不会发疯的家伙，当美国佬闯入视野时也不必端好架势严阵以待的家伙，口操英语而不觉得害臊的家伙，贬损美国佬的家伙，赞美美国佬的家伙，他们不可能理解那个无法表演“黑白剧”的小个子男人，不不，还有我心中的美国。

俊夫垂头丧气，疲倦至极，告诉希金斯：“今晚在家里举行火锅派对。”

“我得告假了。今晚要跟大使馆的朋友会面。”希金斯似乎不无挖苦地对皮条客说：“谢谢你啦。”他看上去根本不像是时隔二十年重访日本，步履飞快地离去了。

俊夫独自一人回到家里，京子怒火冲天地说：“简直太失礼了。明明知道人家特地做好了准备，夫人却忽然提出来说，今天要住在横滨的熟人家里。”美国人想必食量大，吃得多，所以大盘子里的松坂牛肉、豆腐、大葱、鸡蛋堆得高高如山。

“咱们自己吃就好了，敞开了肚皮痛快吃。但剩下来的不好办呢。”

“无论我怎么拼命关心照料她，她都似乎毫无知觉。坐上观光巴士后，我一个劲地解说介绍，可她只顾翻看英文导游书。而且这位夫人还吝啬得要死，买东西专拣便宜货，买给启一的玩具简直就像是夜市里卖的伪劣品。就这样还啰里啰唆地指手画脚，把我这个妈妈晾在一边，责骂起启一来。真够厚颜无耻的。忽然跑来，什么都叫我们包办。不错，我们在夏威夷确实得到过他们的照顾，为了表示谢意请他们住在家里，可他们究竟打算住到什么时候啊？喂，你有没有听见呀？希金斯先生他们到底打算住到什么时候？”

“谁知道！没准要住一个来月吧。”

“开什么玩笑！要是那样的话，我可得跟他们说清楚，请他们走人！”京子不悦地吼道。

希金斯很快就会回去吧。然而就算希金斯回去，美国佬仍会一辈子虎视眈眈地盘踞在我的心里，并且时不时随心所欲地摆布我，让我发出“给吾觅求银嘎姆”“可有可有”这样的悲鸣。这恐怕将成为不治之症——美利坚过敏症。

“明天你怎么办？别管他们啦。”

俊夫没有搭腔，只是想，自己这次恐怕要改弦易辙，再去帮他找个艺伎，这皮条客的角色肯定会扮演得更加高明。

尽管筷子忙忙碌碌地动个不停，松坂牛肉却怎么也不见少。肚子已经相当饱了，可是俊夫还是一个劲地往嘴里塞。牛肉就如同美国羊栖菜一般，既无香味也无滋味，他却自暴自弃地不住地吃着。

焦土层

仿佛马上就要风化的墙泥破损剥落，交错的竹竿裸露无遗，沿着一扇扇玻璃窗缘的弧线，花瓣形状的纸片排列成行，如果没有“德井公寓”那块招牌的话，根本无法想象这里边居然住着人。

善卫凝望着这幢建筑，呆立了半晌。望着望着，他恍然大悟：自己这般无言注目，其实就是一种告别仪式。

怀着如此心情再度望去，这座建筑益发给人骨灰盒般的印象：一只蒙着白布的骨灰盒。一股焦灼感油然而生：恐怕以后再也看不到它了，得好好地把它印在心底。

首先，玄关处是两根喷上了花岗岩粉的柱子。左侧的房间是洗衣店的操作间，屋内有一个操作着旧式蒸汽熨斗、身穿白衬衣的小个子男人，他的衣服浆得笔挺，其意气令人心寒难禁。右侧是个空房间，玄关泥地上放着拖鞋和童鞋等，孩子玩沙用的器具已然生出了红锈，还有一橛不知是狗的还是婴儿的粪便，唯独灭火器的色彩浓艳醒目。

虽然是白日，里面却如洞穴一般，从外边望去看不真切。走廊的左右两边各有三个六叠大小的房间。尽头是厨房，往右转是厕所，左边是通往二楼的楼梯。楼梯下是两叠半大的房间。

重新将视线移向外边，灰色的墙壁由木板加砂浆建成，顶瓦是绿色的。二楼房间外面晾着一块毛巾，正迎风招展。向外伸出的栏杆上，摆着三只花盆。

公寓建在十字路口的拐角处，其他三个拐角处都有水泥围墙巍然耸立、俗称“文化住宅”的簇新商品房。通往海滨的道路尽头是酿酒厂的塔，白晃晃地闪耀着，远远望去仿佛一座大型石化企业。六甲山一侧被省线的土堤遮断，山腰处弥漫着淡淡的紫色，大约是山火。

直至昭和二十年初夏的空袭为止，德井公寓一直是神户市市营巴士公司的员工宿舍。善卫家就近在咫尺之处，所以他的确有些眼熟。周围一带应该悉数化作了焦土，幸而残存的建筑很醒目，他以为应该还剩下小学校和公会堂，却是错觉。这公寓大概是因为老朽的缘故，便转让给了民间，可舍利万绢为何竟住在这座直接以“德井町”命名的公寓里呢?

善卫给这位从前的母亲——曾经养育他十二年的养母阿绢——每月寄去一万元。一个六十九岁却孤寡无靠的老媪，自然适用生活保护法[1]，加起来也有两万多元，毫无必要住在这形同废屋的德井公寓里，而且还是厕所对面楼梯底下的小房间。只需花上四千元，她就能住进向阳的房间了。

---

① 为了保障国民最低限度的生活，日本政府为穷困者提供必要的生活保障。该法于1950年5月4日开始实施。

汇款是通过善卫的工作单位——一家文艺制作公司的财务科寄往神户银行六甲道支行的。为了表明已收到，阿绢会寄回一张明信片，上面写着永远相同的客套话：“每月承蒙挂念，不胜感谢。依例寄上薄礼一份，敬请笑纳。谨颂大安。”两天之后，便会有廉价的紫菜寄过来。

那原本是善卫孩提时代爱吃的东西，然而若要郑重其事地作为礼物带回家去，又不免心情沉重，于是他会随手送给碰巧到公司来访的客人，这已成了惯例。

“部长，您的电话。”昨天下午，下属将电话递给善卫。

作为文艺制作公司分管作曲家的责任经理，善卫每天都要接听二三十个电话。刚开始他还以为这电话也是其中的一个，便漫不经心地接过了听筒。然而那声音却不同于他听惯了的业界人士的声音，听上去怯生生的，充满了犹豫。

“有一位叫索利万绢的女士，请问您认识吗？”

索利万曾经是善卫的姓氏，猛然之间，他却没将它同舍利万联系起来，因为别人用这个姓氏称呼自己，已然是二十年前的事了。多年来，阿绢寄来的明信片，他只是翻过来，将那些老生常谈瞄上一眼，便同大量的广告信件一道扔进废纸篓，并不曾打算正儿八经地阅读一遍。所以他不由得反问道：“索利万？”

“对对。这个姓蛮难念的，汉字写成舍、利、万。”

一听到舍、利、万三个字，善卫悚然一惊。的确，二十年前，没人把“舍利万”三字读作“索利万”，甚至连学校老师都念成“喜利万”。每次善卫都心头恨恨的，不明白自己干吗姓这么个姓。

据当时还健在的祖母说，自家原来住在福井县，是自江户时代就一直延续至今的旧家族，代代都是制造“佛舍利万头”——万头就是豆沙馅包子——的作坊主，到了明治维新允许普通百姓使用姓氏时，就顺水推舟，将它当了自家的姓氏。

“哎，我认得她。”善卫颇有些慌乱，加之受到对方口音的影响，遂也用神户方言答道。

“啊呀，您认得她啊，太好了。老人家还有没有其他亲眷朋友，我们这儿毫无线索。从她家碗橱的纸条上看到了您的大名和地址，请了一〇四[①]帮忙，才查出来的。”对方如释重负，话也说得顺畅起来。

“那么，舍利万绢，她有什么……”

“哎，真可怜呀，她今天早上过世了。不不，医生说，咽气好像是在昨天夜里，今天早上发现的。总之，应该跟什么人联系，我们这边毫无头绪。要是您知道她有什么亲眷，能不能帮忙通知一下？守灵仪式之类，就由我们来操办好了。”

对方古道热肠，说个不休，善卫心不在焉地听着，忽然察觉到部下怀疑的目光，于是赶紧说道：“啊，实在对不起，等一会儿我再打电话给您。劳您打电话来，太不好意思啦。”对方却回答说没关系，反正是在公司里。善卫坚持问他要了电话号码。在办公室里询问详情总不太合适，更重要的是，他需要时间来定定心。

舍利万绢的事情，在善卫的心里应当是已彻底梳理完毕的。

---

① 日本电话查询业务的号码，相当于我国的 114。

她原本就年事已高，万一发生不测，不，甚至连她孤身一人卧床不起时该如何应对，他都做好了打算，想自己负责，尽力而为。然而此类情形一旦发生，肯定会非常麻烦，因此对于阿绢寄来的明信片，他只是瞄一眼那些陈词老调便放下了，尽量不去多加考虑。如今忽然被告知她已身亡的消息，善卫不由得心乱如麻，虽然决定立即赶过去，却又不知道她的地址。

昭和二十二年年底之前，她和善卫一起租借了筱原南町某住宅二楼的一间房。孤身一人后，阿绢搬到了八幡神社附近，租了一个单间，到那时为止，善卫还清楚她的地址。后来他觉得如果知道了阿绢的住址，自己难免左思右想，担忧她的生活状况，但不论如何担忧烦恼，也是无能为力，只有竭力不去记她的居处，连明信片也统统扔掉，以致此刻毫无头绪。

“我得出差去，两三天之内回不来。去一趟关西。”善卫往家里打了个电话。妻子玲子似乎颇有些不满，但还是将话筒交给了今年三岁的俊卫。“来，爸爸又要出差啦。跟爸爸说，别忘了带礼物回来。”

“我嘛，要冰激凌，还要，飞机。”儿子絮絮叨叨地要这要那。

善卫似听非听地含糊其词，随即便拨通了神户的电话，找到了刚才那位男子，问道：“阿绢住在什么地方？”

“石屋川巴士车站旁边，您问一声德井公寓，就晓得了。”

“刚才你告诉我她过世了，她是不是病了很长时间？”

“没有。据邻居们讲，好像并没有生病，事情来得非常突然。”

那就是说，她并不曾孤苦伶仃地在病床上受尽煎熬。善卫忽然觉得自己仿佛获得了解脱，告诉自己，今晚就赶到神户去，随即坐上了新干线。他以要预付作曲家报酬为名，准备了十万元现金，也不知道是否够用。

二十年前，也是这条东海道线上，善卫和阿绢二人在拥挤不堪的车厢中站了十四五个小时，来到东京。那次是为了送善卫回到生父身边。

将米糠捏成团子蒸熟，就算是便当了。在车上，见一个彪形大汉倚着阿绢打瞌睡，善卫便拿胳膊肘捅了捅他，结果脑袋反而挨了他好几下。由于是慢车，在停车时间长的车站喝水便成了要紧事，阿绢是个女人，想从挤得水泄不通的车厢里钻出去全无可能。她只能将化纤毛巾蘸足了水，滴入口中。

“到了那边以后，你就是那家的孩子了，要听话才行哟。爸爸虽然是亲生父亲，妈妈却是继母，而且又有兄弟，你得让大家疼爱你。”自打火车驶离了神户站，阿绢就开始这样嘀咕。

如果继续留在舍利万家，阿绢和善卫势将难以为继。战争刚刚结束，善卫和妈妈就被抛进风险浪恶的世间，那时二人身无分文。善卫才十二岁，阿绢又在空袭中双手被严重烧伤，沾水就疼，无法干活。于是她请求善卫生父允许善卫回去，至少让他能够像别人一样去念书。

善卫的生父在中野开了一家水果店，不愁吃喝不愁钱花，两人一拍即合。打那时起，阿绢便从早到晚向善卫灌输相同的话。而这恐怕也是为了斩断自己对十二年来精心养育、如今却不得不撒手的孩子的依依不舍之情。

到达东京时，已经是薄暮时分了。由于人生地不熟，前来迎接的父亲又错过了，两人一路打听，到了十二点才找到地处中野的生父家。大门打开，一位看上去如同阿绢女儿一样年轻的女子迎了出来。

“啊哟，欢迎欢迎。一定累坏了吧。我们正在担心呢。”她便是新妈妈了。

不一会儿，父亲也回了家，善卫被引见给众兄弟。自打空袭以后，除却发给罹灾者的特别配给之外便不曾尝过的米饭，也端上了饭桌。善卫一边贪婪地大口吞食，一边不时望望阿绢。

大约是两年的艰难沁入了心底，只见她处处小心在意，身处团圆之乐中，却还是一副穷酸模样。善卫一半觉得愤懑，一半感到羞耻，已然是一副看待他人的眼光了。

“暂且要跟你娘分手啦，今晚就跟你娘一起休息吧。”

善卫和阿绢被安置在壁龛中挂有鲤鱼跳龙门画轴的客厅里睡觉。他趴在被子上望着那画，口中嘟哝道：“画得真够好的。”

阿绢接口道：“从明天起，就要喊她妈妈了。你要讨她喜欢。”她一边为善卫叠衣服，一边继续说道：“在这里的话，只要你愿意读书，不管什么学堂都可以供你一直读下去。”

那一位就是妈妈吗，太好啦。善卫听着她嘟嘟哝哝的低语，昏昏沉沉地睡熟。久违的吃饱肚子的感觉最重要，至于究竟能否融入这个家庭，能否与新妈妈和睦相处，他压根儿没去考虑。

三天后，阿绢用不灵活的双手拎着苹果和鲑鱼出发了。善卫送她到东京站，将她塞进了跟来时一样拥挤不堪的车厢内，既没有挥手也没有流泪，火车滑动的同时，被人推挤时脱口而出的悲鸣便是分别的信号。善卫呆呆地望着火车的尾灯，旋即便被战火烧塌的车站后方那历历在望的丸大厦、国铁大楼、中央邮局的雄姿吸引了。他既不感到悲哀，也不觉得依恋，他已经能毫无隔阂地喊那年轻女人为妈妈了。

从新大阪车站转乘阪神地铁，抵达石屋川时，已是晚上九点。虽说理应轻车熟路，可自己在这一带徘徊游荡，还是空袭之后不久的事，已时隔二十年。这里居然依旧住家稀疏，善卫稍有些近乡情怯。

溯河走上去，就该是阪神国道了。走着走着，右手边出现了印象中的天神庙。那院内连一棵树也没有，似乎唯有神社是新建的。继续前行，只见夜间的公会堂仿佛漂浮在眼前一般。

这里的地下食堂未烧毁之前，是他为了领取杂烩粥曾经排过许多次队的地方。走进去一看，不见客人的身影，只有一个年老的男店员。善卫要了一瓶啤酒，查看起电话簿来，寻思没准能找到德井公寓，然而却没有。守灵总得送点寿司去吧。遥望国道两侧，却没看到寿司店之类的所在。向男店员打听，回答是：“这一带已经没人开寿司店了。”酒馆也是一到天黑就关门歇业。

回到东京的生父家后，在考进高中的那一年，善卫曾来神户探望过阿绢一次。因为是时隔三年再度重逢，善卫穿了一身对昭和二十五年的学生来说极其奢侈的学生装。

也不知道他们是如何协商的，回到东京后最初半年，善卫姓的是舍利万，后来便改姓了生父的姓，完全适应了那里的水土，活得比其他兄弟还要无忧无虑。“阿绢那边你爸都安排好了，不会有问题的，你尽管放心吧。”母亲一有机会就这样说，善卫也想在这样的母亲面前表现出心地善良的形象来，出于一种撒娇的心理，假装出惦记阿绢的模样。其实他并不特别担心。他更想炫示自己今非昔比的神气劲，让阿绢看到他与三年前那副寒碜相截然不同，于是央求家里为自己做了一身新装，来看望阿绢。

他好不容易找到了阿绢借住的麻将馆二楼那间四叠半大的房间，阿绢却不在家。据女房东介绍，阿娟如今在保险公司做推销员。善卫压根儿不曾想到她竟在工作，然而转念一想，一个女人独自度日，这也是在所难免的事情。

善卫在幸免于战火的六甲车站前那些空袭前就十分熟悉的街道上闲逛一圈，回到了麻将馆。不料这次与以惊人的势头从二楼冲下来的阿绢迎面遇上，他事先预备好的寒暄话全飞到了九霄云外。

“啊哟，这不是善卫吗？都长这么大啦！”

自己完全被当作了小孩子。虽然心怀不满，但毕竟令人怀念。走进房间里一看，一件家具也没有，那光景不由得令人心寒。仔细看去，仅仅三年之间，阿绢越发衰老了。裙子太长，将小腿都遮住了一大半，男装似的上衣同样土气，跟东京的妈妈相比，简直有若云泥。不快的心情油然而生。

“你肚子饿了吧？我去叫点寿司来。”阿绢从壁橱的米袋里量了一合[1]米，装进了纸口袋。“你在东京恐怕吃过更好吃的寿司。”她慌手慌脚地出了门。

善卫偷偷地拉开壁橱看了看，只见里面是两条薄薄的被子，下面一层放着粗糙的饭碗和盘子，形同喂猫用的食器，此外别无长物。两人住在筱原时的行李、衣箱等都无影无踪了。总不至于连换洗衣服都没有吧？然而四下里却看不到。只有一座粗陋的佛龛安置在搁板上面。

“我去泡茶，你稍稍等一会儿。”阿绢带了寿司回来，旋即又不见了踪影，似乎是去向麻将馆的老板娘借茶壶了。在昏暗的室内，望着色泽难看的寿司，善卫心情黯淡。阿绢回来犹自忙前忙后，又是手巾又是酱油，手忙脚乱。

“那个……”一声“娘”涌上了舌尖，却没能直率地喊出口。“您不吃吗？”善卫特意用标准的东京话说道。

“我不要我不要。善卫不要客气，快点吃。就怕此地的吃食不合你口味。”阿绢再次卑屈地说着相同的话，“那边家里都好吗？”

“嗯。”

“那太好了。托大家的福，娘的身体也很好。”她毫不介意地自称娘。也许是因为年龄的缘故，皮肤的色泽显得浑浊。

满心以为一见了面，自然而然就会话如泉涌，谁知却说不出。一来二往之间，善卫忽然担心起来：阿绢会不会提出要自己晚上住在这里？

① 容量单位，1 合约合 0.1 升。

“这……爸爸叫我替他办件事，我回头再来吧。”他的口气极不自然。

阿绢却仿佛正等着这句话似的：“是吗？正经事情不先办好可不行哦。娘白天要出去，善卫什么时候来，娘知道后可以在屋里等你。”

“那么，我就明天傍晚来好了。”

不管怎么说，这么抬脚就走也太不像话，于是善卫信口开河地聊了几句闲话，便逃也似的告辞了。如果到废墟附近去，说不定能碰到小学时的同学，他心念一动，很想显摆一下这身漂亮衣服。然而废墟却一如往昔，只是雨水冲来的泥土上长出了一层野草。放眼望去，只剩下窝棚的残骸，根本就没有人迹。

善卫喝了一瓶啤酒，走出了地下食堂，眼前依然是同样的黑暗，延绵不断。右边的红帽子咖啡店是战前就在的，其他的房屋则从未见过。在烟杂店打听到德井公寓的所在后，从国道向着靠山一侧走了进去，善卫满心以为那公寓是文化住宅，是现代风格的建筑，没承想自己竟在它前面来来回回走过两三次，方才注意到。

从洞开的大门往里面看，根本不像有人住。

“请问，有人吗？”善卫如同吼叫般问道。

右边的门哗啦啦发出一阵声响，出现了一个十来岁的小孩。他看见善卫，便将右手举到脑袋的位置，握着拳头向上指指，又松开手。“爸！”他喊了一声，便缩了回去。

“谁来了？”一个男人粗声粗气地问。

“打扰了！”善卫又吼了一声。

这次从左边房间里走出一个十分矮小的女人，一面用手拢着睡衣前襟，一面问道：“哪一位呀？”

“这……我是舍利万绢的亲眷。”

“啊呀，终于来啦！”女人怪声叫道，“终于来了一个认识喜利万老阿婆的人啦！”

随着这一声呼喊，从两边的五个房间里都闪出人来。

善卫颇感畏缩，说道：“对不起，我来迟了。”他冲着众人鞠了一躬，并询问白天打电话的男子在不在，却毫无头绪。

“直到刚才还在守灵来着，太晚了，所以就散了。”众人将善卫让了进去。

刚踏进走廊，一股刺鼻的厕所气味便迎面扑来。大约是地板下的托梁脱落了，脚下摇晃不止。“当心脑袋！”无须提醒，如果不拼命弯下身子，就进不去楼梯底下的房间。只有楼梯口有一盏昏暗的电灯，善卫弯着身子正动弹不得，忽然室内电灯亮起，就在他的脚边，躺着覆盖着白布的阿绢。房间狭窄得令人无奈。两叠半的屋子，被楼梯斜着从半空里拦腰截断，连一扇窗子也没有。

“听医生说，她是老死，没有任何痛苦地安然死去。”一个肥胖的男人在身后说。

留神一看，周围男男女女穿的不是露出棉花的棉袄，就是粗陋的夹克衫，善卫却出于职业习惯，穿了一身华美的西服，这身行头在此地不仅显得不合时宜，甚至让人觉得是对死者的冒渎。

“该咋办呢，葬礼？您可是喜利万阿婆的亲眷？”

又被唤作了喜利万，善卫百感交集。“我虽然不是她的亲眷，不过接下来的事就由我来操办吧。麻烦诸位了，谢谢，谢谢！”

至少应该带点啤酒之类来，那样的话胆子也会壮一点。阿绢这终焉过于令人生悲，虽然说衰老致死恐怕不会有什么痛苦，然而邻居们漫不经意的话语，听上去却仿佛是在责备他。

善卫跟里面守着的人换了位置。死者是头朝北躺着的，否则这里也无法停放。他只得跨过死者的头部，站到里面去。接下来该守夜了，却没有香炉和线香，一个缺口的小碟子里有些凝固了的蜡，这莫非便是方才守灵的痕迹？

大约是看到善卫脸上露出了严肃表情，一个人喝道：“好啦，小孩子们都退下去。别看热闹了。”随着一声号令，众人离去了。

善卫决然地掀起白布。忽地蹿起一股异臭，阿绢的遗容露了出来。那脸色甚像鼠灰，更近黑色。眼睛是闭着的，嘴唇却半张，残存的五颗牙发出白光。再揭起薄薄的被子，却见阿绢双手齐齐整整地叠放在胸前。细看贯穿手背的黄色筋脉，那是空袭时烧伤落下的瘢痕，生前是血红的，此时在浊黑的皮肤上，却好似另一种生物，滑溜溜地放着光。合起来的手指，像是在安抚瘢痕的痛楚。

昭和二十年六月五日的空袭，善卫是在疏散地北河内的舅父家中得知的。跟五天前大阪那凶猛骇人的滚滚浓烟相比，此次神户的硝烟离得远，看不真切，无非只是微微地将云朵染点颜色罢了。大阪空袭时，娘和爹都担心善卫的安全，立时赶了过来，因此这次他们肯定也会背着背包来看望。然而他期盼了两日却不见人来，到了第三天，舅父去打探情况，夜里很晚才回到家，以为善卫睡着了，遂口无遮拦地说道："健三那小子好像挨了一家伙。"

"挨了一家伙？很严重吗？"

"简直是一塌糊涂啊。阿绢烧伤了，住在医院里。这次舍利万家几乎是灭门了。"

养父健三是贸易公司的科长，善卫只知道他跟油打交道。食物开始配给供应时，他们家还是有很多食用油，还分了些给小学的老师，于是便有人毁谤说老师偏心。舅父家里，也送来了两大罐油，作为照管善卫的费用，每罐一斗。

善卫并没有将"挨了一家伙"这句话跟死联系起来，印象中，那就和相扑比赛时被对方摔出去差不多，所以他更为娘的烧伤悲哀。然而，如果此刻舅父察知他尚未睡着，那么爹挨了一家伙、娘烧伤了，都将确凿无疑地变成现实。快睡着，睡醒时爹和娘肯定都来接我了！他偷偷地抽泣了几声，就这么睡着了。

然而，这些并非梦境，爹甚至连尸身都找不到，娘上半身烧伤，在渡边医院里住院治疗。

"你已经是五年级学生啦，该到你娘身边去照顾照顾她。又没有护士，好可怜啊。"舅母的话固然不假，但恐怕她更为担心的，其实是将一个丧失了监护人的孩子稀里糊涂收留在身边，谁知将来会怎样。

渡边医院位于芦屋，面对着海滨。在舅母的带领下，善卫从阪神电铁的芦屋川车站沿着河边步行。这一带丝毫不见空袭的痕迹，只有疏散用的大板车来往穿行。

“你可不能表现出吃惊哦。你娘虽然浑身缠着绷带，不过很快就会好的。”舅母一面顺手将土堤上别人家菜园里小拇指大的黄瓜摘下来塞进口中，一面叮嘱。

终于到了医院，虽然空袭已经过去了一个星期，这里却如同火灾现场一般混乱。伤员们的脑袋、手臂、腿脚缠满了绷带，每处都渗出血水来。不时将脸凑到手臂上去的，是为了吹掉从绷带里钻出来的蛆虫；手四处摸摸索索的，则是因为眼睛被火燎烟熏，暂时性失明了。

病房是钢筋混凝土建筑，十分坚固。上了二楼，只见走廊排满小火炉和木炭，病室的门大概是因为天热的缘故，一律敞开着。

阿绢住在十一号病室里。跟阿绢的形象相比，刚才候诊室里那些令人毛骨悚然的情形只能算小巫见大巫。她的上半身严严实实地缠满了绷带，只有鼻子、嘴巴和眼睛露出来，仿佛黑乎乎的洞孔。看到纱布绽线处在微微地动，方才知道她还有一口气。

“听说她从防空壕里爬出来的时候，房子一下子塌了。”

防空壕挖在面朝院子的六叠房间的地下，善卫回忆起那里凉爽的空气，心底猛然涌起家被烧毁、已不复存在的真实感，他无法相信眼前这个绷带怪物就是娘，呆然木立。

阿绢摇晃着悬在半空中的手臂，口中嘟嘟哝哝。

“咋啦？是要撒尿吗？”舅母从病床下取出便盆，漫不经心地掀起覆盖在阿绢身上的白衣，床单已染成一片血红。啊，娘马上就要死啦。以前曾经听说过同班同学的母亲就是死于吐血，跟那一样。善卫不禁往后退缩。舅母却严肃地说道：“用不着担心。这是月经。早不来晚不来，偏偏赶着这种时候。”说着，拿起手边的破布便去吸。

娘的下半身跟上半身截然不同，居然看不见丝毫的伤痕，善卫觉得不可思议。

舅母忙乱的时候，阿绢仍然摇晃着缠满绷带的手，似乎很不情愿。

善卫觉得口渴了，想喝水，却不知道茶杯放在何处。要打开三尺壁橱，就非得移动阿绢的遗体不可。他心想厨房里面总该有点什么，便走了过去。只见那斜视的小个子女人将锅子放在煤气灶上，每当水要溢出来的时候，便把锅盖掀起来。

“我在煮乌冬面，等一会儿也请你吃。”她像唱歌似的说道。

善卫一看，这间公用厨房里面别说电冰箱，连电饭煲烤面包机都没有，仅仅胡乱堆放着一些年代久远的铁锅砧板之类。刚才正觉得何以如此安静，原来居然连电视机也没有。仅仅隔着一面胶合板墙，如果有人看电视，声音当然会传过来。善卫觉得心寒，又回到了阿绢身边。

“去帮娘买治疗葡萄球菌感染的药来，好不好？”在芦屋的医院里，阿绢说的第一句话就是这个。

舅母总算肯帮忙，找了一个同是住院病人家属、似乎不太招人喜欢的老婆婆来帮忙护理。在走廊里煮饭烧菜洗衣服，都交给她去做。可是她不愿意照料大小便，这就成了善卫的任务。每逢这种时候，老婆婆就走出房间。

善卫转过脸，背对着满房异臭，眺望院子里的垃圾焚烧场，突如其来地，阿绢声音清晰地说了这句话。接着她又带着哭腔说：“对不起啦，对不起。”

善卫在纸上写好“葡萄球菌”，又从阿绢揣在怀里的银行存折中抽出一张十元纸币，乘上了终于修复的阪神电车。这是他第一次看到那遍地的焦土。他在幸存下来的八幡筋药房买了药，没有勇气去查看自家房屋的旧迹，不过根据小学校和公会堂的位置来判断，大致可以推测出在哪一带。

虽然绷带绑得夸张，阿绢痊愈得倒很快。半个月后，她先露出了脸庞，额头、鼻子和面颊的一部分发红，成了花脸。接着，肩膀的绷带也解了，双手却因为当时拨开劈头盖脸扑下来的火团，伤得特别严重，至今疼痛不消，蛆虫也始终附着。

因为炸弹和飞机扫射而受伤的人员不断增加，阿绢的病情开始好转后，医院也不给好脸色看了。

“以后只需要涂涂油就行啦，得慢慢治疗。”他们开始往外赶人。七月二日，阿绢双手的指尖刚能动弹，便出院了。舍利万的本家在福井，却跟阿绢不投缘，此外又没有可以存身之处，他们便跑到了春江，去投奔一个和阿绢同龄的女人。

那女人和阿绢此前仅仅通过几封信而已，见阿绢拖了个孩子，身体又不方便，便露骨地表现出嫌恶，将他们安置在织布车间的一角。

两人满心指望抵达的当晚，主人家能准备点晚饭，然而小孩送来便当盒，两人喜滋滋地打开来一看，里面却只躺着一根盐腌的黄瓜。一路上没吃没喝，此时也没米煮饭，娘儿俩只好就着冷水，一人啃了半根咸得要命的黄瓜，哭哭啼啼睡了。

春江原本就是乡下，只要登了记，尽管每次量不多，却一直有米吃。

第一次配给由善卫到河沿上的米店去领，米袋沉甸甸，善卫心头乐滋滋。可刚一扛起来，口袋底部却松了线，“沙沙沙”，大米落进了清澄的水中。善卫望着钻进水草丛中的一粒粒白米，只顾着吃惊了，哪里想得到要去堵塞洞孔。他呆呆地望了半晌。

整个七月还算平安无事，阿绢的手指也稍稍能活动了。一进入八月，天空便带上了秋天的色彩。

“去年到今年，雪足足积了有三米深。瞧那扇破玻璃窗，就是被雪给压坏的。”当地人所指的那扇玻璃窗，位于遥遥的高处。仅靠一条特别配给的毛毯，根本就没法过冬。为了抵御严寒，他们去附近的河边捡拾流木，然而只能捡到些细小的树枝。阿绢从看穿了娘儿俩弱点的邻人那里花高价买下了棉被。此时存款还有将近三万，他们认为好歹可以吃上两三年。

战败后，可以回神户了。其实神户也并没有什么人能够倚赖，不过比起雪国，住惯了的城市更令人怀念。那时，棉被又成了累赘，阿绢那无法弯曲的手指渗出血来，好不容易才打成不超过规定的三十公斤的行李。回到神户，两人在六甲山麓的筱原南町租了间房子，那已是八月三十一日的事了。而后到北河内去拜访舅父。其实在前往福井之前，他们就曾去投靠过他，他却借口说附近设有高射炮阵地，劝他们还是去更安全的地方，婉言拒绝了。谁知这借口竟成谶言，一家老小皆被炸死了。

回来的路上，善卫和阿绢头一次看见了化作焦土的自家。鼻子早已闻惯了的焦土臭味仍然没有减弱。夏草茁壮繁茂，雨水自由流淌，深深地剜削着道路。好半天都辨认不出哪儿才是自己的家，最后终于找到了一堵似曾相识的围墙。

“这里就是咱家啦。”简直就像屋子根本没被烧毁，阿绢欣喜地叫道。

两根直立着的石头门柱之间，斜躺着一根粗铁管。

“你爹肯定就在这地方了。娘往外逃的时候，你爹还大声问娘要不要紧呢。”

直至此时为止，善卫日日忙得晕头转向，只顾紧紧地跟随着阿绢，心无旁骛，因此爹的事情从来不曾涌上心头。此时听说“就在这地方”，他感到毛骨悚然。

“舍利万大妈大概是想死在她丈夫身旁。”德井公寓和舍利万旧居之间，相距不到两百米。

“乌冬面，要不要来一碗？”斜视的女人隔着遗体递过来一只海碗。善卫不好拒绝，遂接了过来，搁在榻榻米上。仔细一看，是一碗油炸豆腐面，便放在阿绢的枕头边上，权充供物。

关于乌冬面，善卫曾有过一段不快的记忆。

健三供职的那家公司的总经理住在京都，阿绢曾领着善卫前去拜访，请求发放一笔抚恤金。健三失踪已达半年之久，可那家伙却翻来覆去地说："我认为健三还没有死，我觉得他还活着呢。"结果，为他卖命近二十年，居然只得了三千块钱。而那时的米价是一升一百二十块，这点钱连买一袋米都不够。

在一间一看便知是佣人休息室的简陋屋子里，请他们娘儿俩吃了一碗乌冬素面。刚吃了一口，反复无常的天就下起了雨。阿绢叹道："要是你爹还在，哪怕是不能动弹，咱娘儿俩也不至于遭这种罪。"说着，她用冻得皴裂的手遮住了眼睛。

昭和二十一年第三学期开始，善卫被编入六甲小学五年级，生活恢复了正常。阿绢起先买了一台缝纫机，承接缝制更生服[①]的活儿，然而由于手指不听话，干得很不顺利。后来她在六甲道车站前面摆了个贩卖干货的小摊子。这一带被烧得一干二净，居民小组不复存在，众人皆作鸟兽散了，倒也无拘无束，自由自在。只是货物淋了雨会腐烂。她还挤进满员电车前往加古川、河内一带采购，兼做黑市米店的搬运工。阿绢总是双手遮挡在胸前护着货物，那副凶神恶煞的模样，让善卫在同学面前感到羞耻，却又被那股气概所震撼。

早在房屋毁于战火之前，善卫读书就很努力，所以六年级第一和第三学期连续担任班长，周遭的人都打包票说，善卫凭这样的成绩，考进一流中学不在话下。然而就在这时，阿绢精疲力竭

①二战中和战后，日本物资匮乏，人们将旧衣服修改翻新再穿。此类衣物被称作更生服。

了。其实是因为一个贩卖私米的伙伴提议说，开办一家专为考生补习功课的私塾，可以获得稳定收入，劝说阿绢将冻结的存款[①]打八折取出来，两人共同经营。结果却是个骗局，阿绢上了大当。原本虽说存款被冻结，但每个月仍可以提取五百元，可现在全都泡了汤。阿绢这才萌生了送善卫投靠生父的念头。

昭和二十二年二月，善卫正忙于中学迎考，阿绢郑重其事地问他："善卫，你喜欢读书吗？"事已至此，为什么还问这种问题？善卫觉得奇怪，随口应了一声："嗯。"没过多久，便有人开始寄包裹来，里面是些军队用的更生鞋、处理的军用衬衫之类。明明自家无依无靠，连一封书信都不曾有人寄来过，这又是怎么回事呢？善卫百思不解。阿绢却说："好好念书！念好书，考进中学，就会有人出钱供你读下去。"

应当不至于是生父提出条件，非要善卫考上中学不可，准是阿绢自己感到，已然将善卫养育了这么大，希望他能出人头地再送回去。

待回过神来，天已经大亮。善卫将阿绢枕边的死亡证明书塞进内衣袋，走出公寓。外边已有上班族来往，而这所公寓却不见有人起来。善卫到区政府提交了死亡证明书，领取了火葬许可证，再到来时已看好的殡仪馆定了棺材和汽车。说好一个小时后上门，

① 二战后，日本物资匮乏，为防止物价上涨、通货膨胀进一步恶化，1946 年 2 月日本政府颁布《金融紧急措置令》，冻结国民的存款，一般的三口之家每月可提取 500 日元生活费。此法令直到 1963 年 7 月才废止。

善卫便去从前的废墟走了一圈。

已经有房屋盖起来了，然而尚未着手清理的空地也很醒目。由于道路面目全非，舍利万家所在之处只能揣测大概。那里新建了三栋钢筋混凝土公寓，似乎是员工宿舍。这种建筑的地基肯定挖得很深，也不知道健三的尸骨是被挖了出来，还是早被那粗铁管中的炸药炸得粉碎了。善卫浮想联翩。

回到德井公寓，只见孩子们在走廊里跑来跑去，望了望阿绢的尸身，又哇哇地大叫大嚷，跑开了。善卫不便责骂，只得做手势制止。

殡仪馆的人来了，可是公寓入口太窄，棺材难以进来。善卫便抱起放在走廊里的阿绢，放了进去。她僵硬的身体已经变软，皮肤则更黑了。

“这就送到火葬场去吗？”就算是私下埋葬，一般也得请个和尚来念念经。殡仪馆的人满脸不可思议的神情。

善卫道：“回头再正式举行葬礼，知道了吗？”

棺材运走后，善卫打开壁橱一看，里面只有一个小小的碗橱，原来的一对衣箱只剩下一只，里面放着个包袱。

生父领回善卫之后，似乎还与阿绢通过信。当初将善卫送去做养子，是因为生母产后恢复不佳，很快便去世了。

“阿绢好像也吃了不少苦头。一个女人只怕日子不好过。”父亲无意中吐露的言语，让善卫觉得如芒在背。然而父亲却说：“你不必在意，我会好好照顾她的。”

刚刚回到生父身边时，善卫夜里会想起阿绢，想到她可能会被烧伤折磨得叫唤不止，也曾泪流不已。然而不久后，他反而觉得轻松，学生生活比普通人奢侈。进入文艺制作公司工作后，他把领到的第一个月工资交给了父亲。“这个请您交给舍利万大妈。”做出这样可嘉可赞的举动，乃是出于因为自己太过幸运而内疚的心理。

“我且替你收好。我想大概不会有这种事——不过万一她完全倚赖你了，可不太好办啊。”父亲果然深思熟虑，整整一年没有交给她。

工作后的第三年，善卫的经纪资格得到了认可，除了固定工资外还有佣金，对于单身汉来说，钱多得花不完。

“你舍利万大妈不做保险啦。听说现在在帮酒馆讨账，收入好像很不错。”父亲的话让善卫愕然。行业使然，到了月底，文艺制作公司便会有形形色色的人前来讨账。酒馆之类常常会特地支使身体残疾的老人前来，这样负债方出于体面，多多少少得支付一些。

每当看到前来公司讨账的人，善卫脑海中便会浮现出一到冷天就成了花脸的舍利万绢，伸出满是烧伤疤痕的双手，去为酒馆四下讨账的身影。于是善卫一再恳求：“我如今已经长大成人了，无论如何也忘不了她对我十二年的养育之恩。就从我每月的工资里提些钱寄给她吧，叫她别再干这种苦差事了。”父亲将钱寄了过去，似乎还写信把善卫的意思告诉了她。阿绢第一次的来信简单地对善卫长大成人表示高兴，以后的信便是老生常谈了。

回生父家之后，善卫从不给阿绢写信，继母不忍，便劝善卫写信给她，阿绢却不回信。“这个人好坚强。既然把你还给了我们，生怕你会想念她，就强忍着不再跟你联系。你也得好好做人啊。”父亲说。好好做人？善卫将近一年食不果腹，如今万事顺心，毫无不满之处。不过听父亲如此一说，他也觉得，许是天性的缘故，阿绢的确有些好强。跟舍利万本家闹翻也是为此。与邻里发生矛盾时，她也是寸步不让，坚持要对方道歉。回到神户之后那些令人骇异的谋生方式，恐怕也是这种好胜心的表现。然而那份好胜心到哪儿去了呢？昭和二十五年，善卫前往阿绢的借宿处探望她时，房间里是何等荒凉的景象！在未遭战火烧毁之前，她可是连拉门的格棂、火盆的搁板都擦拭得闪光锃亮，大家都说，简直就像戏台一样干净。

因为是上午，所以无须等待，骨灰立刻出来了。善卫一一捡起来放入素烧陶罐里。每块骨殖都又细又碎，表明了死者的衰老。骨灰安放何处呢？订婚时嫌对妻子解释起来麻烦，就当阿绢已死了。自家的墓地在青山，可安放到那里似乎不合适。如果健三的遗骨还在，也许会安放到福井的墓地里去，然而健三的遗骨遗照俱无。

善卫捧着骨灰罐回到德井公寓，男女老少一干人等又接二连三地出现了。这些人究竟如何维持生活？善卫百思不解。

他恭恭敬敬地将骨灰安置于两叠半小屋的角落，而后在众目睽睽之下，打开壁橱查看究竟。只见碗橱中铺着的纸下面，放着神户银行的存折、写有善卫及公司名的纸片。存折余额一千元，她每个月都在同一天将一万元悉数取出来。衣箱的一角放着连做抹布都没人要的破烂衣服，包袱里是念珠、经文、写有舍利万健三俗名的粗陋牌位、米袋，此外便别无长物。

无论如何，对于一个每月生活费达两万多的人来说，这情形未免太不堪。她会不会成了公寓里这帮稀奇古怪的家伙的牺牲品？善卫心中疑窦丛生，然而事已至此，怀疑也无益。

牌位不便扔掉，善卫便将它同骨灰罐一起包好，暗忖以后再处理。如今姑且得先表示谢意，遂用纸包了一万元，递给开洗衣店那人，说："这个给大伙儿消消秽气。"

善卫重新审视德井公寓，思考阿绢在此地曾想些什么，又是如何生活。正沉湎于冥思之中，有人呼唤他。是个骑自行车的男人。他口气亲昵地说："我就是昨天打电话的人。听说一切都已经办妥了。本想来帮帮忙，可是工作离不开。"

"啊，多谢多谢。"善卫鞠躬道。

"舍利万阿婆一死，这公寓里的人都慌了神。所以我就多管闲事了。"

"那……您不是这儿的人？"

那男人夸张地摇摇手。"不是不是。此地早先是租借给战争中受灾的平民，后来住进各种各样的人，结果就变成这个样子了。听说这里马上就要拆迁，大家也许是想捞点拆迁费吧。"他似乎颇觉厌烦，慌忙又说道，"不过，舍利万阿婆可不一样。这位阿婆——我也许不应该讲——虽然生活困难，可真是了不起呀！"

瞧瞧这情形，善卫看不出哪儿了不起。

“我们再三劝她领取生活保障费，她始终不肯，总是说自己有人赡养。”

从未领取过生活保障费？父亲的确说过，如果她没有工作，就可以领取。再加上善卫寄给她的钱，足够她花。

“我想，或许她有一小笔存款，她死后，那些钱被公寓里的那帮家伙抢了去可不行，就和医生一起在家里找了找，结果找到了您的电话号码。”

两人开始向着山前走去。善卫根本就没听见那男人的话。

如果没领生活保障费，每个月就只有我寄给她的一万块钱。仅仅一万块钱，就算是一个孤寡老太也不够呀！然而她为何要拒绝领取呢？

“这一带的产权人等着地价上涨，死活不肯卖，所以一直是一片焦土。不过，总算有房子造起来了。”

远处，巨大的掘土机轰轰隆隆地在挖土。

“这……舍利万大妈活着的时候是什么样子？”善卫问道。

“这个嘛，就在这一带，她常常拄着手杖到这儿来。老太太风度可好啦。”

阿绢一定是不厌其烦地在这片焦土上走来走去，仿佛朝圣一般。她在眺望着健三粉身碎骨的土地，追忆往日的时光。

“这……对不起，您大概就是给舍利万阿婆寄钱的先生吧？”那男人快活地问道。

善卫不自觉地摇头否认。

“是吗？失礼啦失礼啦。”他顺势推着自行车拐弯离去了。

善卫不知不觉来到了掘土机挖出的两米多深的坑前。

娘还是把我当作了自家儿子。她满心欢喜地盼着儿子寄钱来，这是她唯一的生活乐趣。领取生活保障费的话，虽然能够过得舒适些，可是来自儿子的乐趣便要减弱了。娘守在那两叠半大的小屋里，靠着我寄来的钱，靠着儿子寄来的钱，不不，还有，她是守望着爹的葬身之地活下来的。

我为什么只寄一万块钱给她呢？只要我愿意，两万块三万块都不在话下呀！就因为我相信那混账的生活保障费，娘才会像遭受轰炸时被烈火赶出家门那样凄然死去！时至今日方才明白，却悔之晚矣！

善卫潸然泪下，蹲下身去。偶一抬头，却见那挖出的土坑中，距离地表约六十厘米处，是一层红褐色的瓦砾焦土，凹凸不平却延绵不断，甚至发出一股似曾相识的气味。对呀，被土沙遮盖掩埋住的，就是轰炸留下的废墟！

他蹒跚着走下土坑。眼前，砖瓦腐烂了，白铁皮腐烂了，木片和铁丝叠在一起。善卫将脸贴了上去，半晌不动。然后他解开包袱，在砖瓦之间用手指挖了个洞，取出健三那粗陋的牌位，再从罐子里掏出阿绢的遗骨，仔细地塞了进去。

“此地就是爹和娘的墓地了。您二老终于聚在一起了。”

捧来土块，将洞掩埋好。捧着土块的善卫，觉得那片荒凉的废墟生气盎然地苏醒过来，扩张开去。他再一次蹲下了身。

育死婴

陡峭的坡道，老鼠飞快地向上狂奔，短腿狗紧跟其后，穷追不舍。随着老鼠的飞跑，有水珠点点滴落，大概是它一直浸在水中的缘故。转瞬之间，狗便擒获了老鼠，满脸肉店小伙计般的奸诈表情，回到一身厨师打扮的少年身旁。少年将手中提溜着的捕鼠笼子啪的一声砸向地面，震去水滴。

林荫道旁的树根下，一只浑身着火的老鼠疾跑过去，绕树狂奔。身缠青色围腰的酒保忽然像老太婆一般蹲下身，一边大笑，一边抬起木屐，朝那正冒着轻烟的老鼠一脚踢去。仰面朝天的老鼠四肢微微颤抖。

星期日午后，打了烊的烟草铺门前放着簇新的铁桶，里面浸着捕鼠笼子。笼中的老鼠好似水栖动物一般，仿佛并不是特别痛楚，从笼子的格子孔中伸出鼻子来，从水中张望着天空。四周一个人也没有。

每当看到这火攻加水淹的屠鼠现场，我总是悚然木立，呆望良久，心中确信有朝一日自己也将变成那样，被人用与捕杀老鼠一样的方法杀死。我入神地望着那颤抖不止的长尾巴和胡须、那一眨也不眨的眼睛，良久才终于感到坦然：啊，此刻我终于变成老鼠了，终于能变成老鼠了。

“为什么干出这么残忍的事情？啊？多么可爱的孩子！别闷声不吭的，你倒是说话啊！”刑警从厚厚的一沓照片中，一张一张地往外抽，抽出了五六张放在桌面上，推到久子面前，“你再好好看一遍！看看这无辜的孩子！听好了，她不是睡着了，是死啦！是你杀死她的！”

久子缄默不语，目光下垂看着照片，然而不动声色。

“出了什么事？莫不是你男人在外头有了相好的，你就杀子泄愤？再不就是你喜欢上了别的男人，嫌这孩子碍手碍脚，就给杀啦？把手伸出来！”

久子听话地伸出了手。刑警仿佛看手相似的，一把攥住她的大拇指。“你就是用这只手行凶的？为了什么啊？她是你的亲生骨肉啊！为什么要杀她？别不吱声，说出来！为什么用这手指压住那么可爱的亲生骨肉的喉管？压得都瘀血啦！”

久子呼地喘了一口气，盯着刑警的脸庞。两人缄口不言，对视良久。刑警一筹莫展，把手中的那沓照片猛地甩在桌子上，打开门将守候在走廊里的女警官喊了进来。

“伸子如今在天堂里呢。你把自己的罪行都坦白出来吧，这可是为了伸子。听说你可疼爱她啦，邻居们都这么说。到底出了什么事？是没有自信，觉得自己养育不了孩子？不是吧？听说孩子很健康呢。”女警官假惺惺地抽泣了一声，拿起伸子的遗照，“孩子一定很痛苦吧。不想竟被世上最信赖的妈妈杀掉了。你脸上是什么样的表情啊，那个时候？”女警官话锋陡转，尖锐地问道。然而久子面不改色。

什么样的表情？普普通通的表情呀。

杀死了伸子，回过神来时，我呆坐在三面镜梳妆台前，心不在焉地端详着自己的脸。我记得镜子里映出了伸子婴儿床的一端。她不过是个两岁零三个月的小孩，虽说是杀人，既不会弄得气喘吁吁，也不会大汗淋漓，只是脸色有那么一丁点发青。我拿起梳子梳头，坐在黄昏渐渐降临的房间里，并不曾张皇失措，因为这是事前的约定：我正是为了杀死伸子，才把她养育到今天的。

我非得变成老鼠不可，非得变成老鼠挨火攻水淹，被折磨至死不可。

“上一次月经是什么时候？别不吱声，说话呀！你不觉得伸子可怜吗？你是魔鬼吗？你丈夫也来了，像发了疯一样，说要杀了你。听说他很疼爱伸子，总是给她买礼物。伸子常说要跟爸爸一起睡，一到早晨就钻进爸爸的被窝里去，对不对？你该不会是吃醋了吧？啊，为什么要杀死伸子？该不会是你的血统有什么问题吧？一般而言，这根本无法想象啊。”

久子拿起手边一张放大了的伸子的特写，简直像在端详女儿逢年过节时穿戴得花枝招展的身姿一般，扑哧一声笑了。

“有什么好笑的！这么可乐吗？你这个人啊。”女警官猛然起身，劈手夺过照片。见她怒不可遏，另一个刑警进来了。“请你来问问她吧，我们是无计可施了。”他低声说。丈夫贞三来到跟前。

女警官将伸子的照片收拢，匆匆离去。

“真是你干的吗？啊？”贞三问道，声音比预想的远为镇静。

“是我。”

“‘是我’？你……”

只听噼里啪啦一阵杀气腾腾的响动，贞三扑上去就要扭住久子，却被刑警紧紧抱住。

久子望着贞三，心想：这人是谁？今早送他出门上班时，他的确还是我的丈夫，然而在眼前，在低矮的台灯照耀下，这个莫名其妙地粗声怒吼、张牙舞爪的男人，简直如同路人。对啦，现在我已然变成了老鼠，父母也好丈夫也罢，统统不存在了。

“告诉我理由！为什么要杀伸子？把伸子还给我！你这个贱女人！”贞三挣脱刑警，揪住久子，隔着桌子揪住她的头发，试图把她摔倒。制止声怒号声纷纷响起，旋即又平静下来。

久子只觉得头上火辣辣的，头发被拉扯后热辣辣的感觉盘桓不去。

谁也不会明白。

我筋疲力尽地躺在产院的分娩室中，自阵痛开始，整整十四个小时浑浑噩噩，正昏天黑地似梦似醒间，忽然听到一声大吼：“生下来啦！是个千金。”一个沉重的东西扑通放在了我的肚子上。出现在眼前的便是伸子，她由护士扶着，放声哭叫，那声音根本不像是人类的婴儿。刹那间，我想："啊，长得好像贞三。"然而恐怖感随即袭来。当时我还没弄清楚它的原形，但至少感到，那似乎便是自打知道怀孕以来与日俱增的不安，而且此时形态更加清晰可见。于是我从那软绵绵的不牢靠的肉团上移开了视线。

结婚第三年，久子在二十四岁时怀孕了。贞三在广播电台工作，租的是两个房间、每间六叠大的公寓，房东倒也不赶时髦，不禁止带小孩入住，因此生孩子不存在任何问题。

贞三像家庭剧中的优秀准爸爸一样，虽不曾表现出惶恐不安，然而当两人含情脉脉相依而坐时，他会猛地冒出一句："育婴书上写的东西，有时候会自相矛盾呢。"大概他偶尔也翻阅一些电台里的图书资料。

"我真的可以生下这孩子吗？"刚刚诊断出怀孕那会儿，久子曾再三问贞三。

"咱们也该要孩子了。而且听说堕掉头胎对身体不好。"他的回答莫名地缺乏真情实感，不过男人这样也是理所当然。

"可是我害怕。"

他将久子的这句话理解为撒娇。"大家都是这样过来的。要是生儿育女有那么严重，人类不可能增加得这么多。"

这样的对话毫无异常之处，跟每一对初次生子的夫妇一样。久子挺过了妊娠反应，订做了孕妇服，不久便有了确切无疑的胎动。洗澡时大概胎儿也觉得舒服，那圆滚滚的下腹部不停地动弹，如同波浪起伏。每次久子都感到不安，便告诉贞三的母亲，可她却说："人人都是这样的。俗话不是说'左思右想难上难，真正生时倒简单'嘛，的确是这样。"

因为是头一回经历，所以恐惧会与日俱增，大概每位孕妇都不能幸免。久子强逼着自己如此想。

"要是个男孩，就让我来起名。女孩子的话，就由你起名吧。"贞三说。

预产期临近时，婆婆住过来帮忙。

"久子的脸部线条变得硬起来了，一准是个男孩。"

听到他们兴高采烈的对话，她还是觉得是在谈论别人。无奈之余，久子只有去询问有经验的友人。朋友说："就是这样的。感觉像是别人的事。什么男孩好女孩好，我听了气不打一处来，结果变得歇斯底里。"于是久子思忖道：索性变得歇斯底里，来他个大爆发得了。

以前，如果贞三连续两三天回家晚，又满嘴酒气，含糊其词，久子便会和他争吵，一如普通夫妻。然而自打怀孕以后，她却变得沉默了。有时候她会忽然觉得，仿佛触及了那真相不明的恐惧——那就像醒来之后便立即忘却的梦。

"算了吧，妊娠忧郁症之类，可不大像久子会有的毛病。"听贞三这么说，久子也强迫自己相信这是单纯的妊娠忧郁症。她借助一贯超出常人的刚强稳重，驱走恐惧。

久子的母亲在东京山手空袭中丧生。战争结束后，久子尽管还是女子学校一年级学生，却挑起了家庭的重担。父亲是人寿保险公司的特约医生，跟工薪阶层一样朝九晚五。刚刚战败那会儿，久子一大清早就起床，将面疙瘩汤做好；放学后，又勤快地赶着去领取时有时无的配给品。虽然父亲从公司带回了特别配给物资，不必再去黑市遭罪受苦，然而比起年龄相仿却有母亲当家的女孩子，她早早便擅长操持家务了。高中一毕业，久子就进了一家出版社工作，人机灵，酒席上也善于周旋，字写得像男人的笔迹，大伙儿都管她叫“粉笔”。

有一次采访一位广播界的明星，结束后久子正打算离去，那明星忽然问道：“你拿多少工资？”久子如实回答了。

“我给你增加五成，到我这儿来干吧。”大概见她说话干脆、办事利落，煞是中意。

久子于是跳槽去替明星拎包打杂，出入各家电台，一来二往便认识了贞三。贞三是个美男子，绯闻不断，起先久子只是将他视为缺乏阳刚之气的家伙，可有一次两人在电台排练室里面协商工作时，他忽然从背后抱住久子，强行吻了她，就像喝醉了酒，张口就说：“咱们结婚吧！”

久子半信半疑。外界纷纷谣传他下手快，而事实恰恰相反。打那以后他又是请吃饭又是请看电影，根本就不曾有过分行为，然后老老实实地去请求久子的父亲准许他们结婚。久子万万没有想到，自己的婚姻竟是这样一步步被强拉硬拽而成的。

作为独生女，她从来不曾认真地考虑过父亲的心情。可事情出乎意料，父亲似乎很满意贞三。“等你的问题解决了，爸爸也要重新找个老伴啦。”听到这话，久子才意识到此事是真的。

那明星一再恳求久子，希望她婚后继续工作。于是夫妇二人的工资加在一起，新家庭显得十分宽裕，昭和三十一年电视机刚刚问世，他们就买回来一台。

婚礼服装和嫁妆全部自己一手操办，蜜月旅行去了京都。除了在车站台阶上绊倒一次，感觉丢人之外，其余时间都平安无事。

头一次将身子交给他时，久子满脸飞红，低声说："谢谢你一直忍耐到现在。"后来贞三还不时旧话重提，告诉她，这话女人味十足，令他大为震惊。说得久子不知所措。

结婚第三年，两人从东京的公寓搬进了买下的商品房。久子借此机会辞去了工作，跟父亲的往来，也只限于过家家似的在生日和圣诞时寄张卡片。所谓没有消息就是最好的消息，久子一心一意地做起妻子来，而且还可喜可贺地怀孕了。年轻的妻子日日称心，事事如意。

阵痛从早上开始，断定无疑后，久子便在贞三和婆婆的陪伴下住进了医院。贞三按照早就安排妥当的步骤，从傍晚开始和朋友在家里打麻将，一边等候消息。到了晚上九点，孩子一生下来，他便穿着一套深色西服来到医院。

"第一次见面嘛，所以我穿着正装来啦。"然而由于时间太晚，他未能见到伸子。丈夫如此关心，久子高兴的同时，又感觉他不无虚伪。她不愿想起婴儿搁在肚皮上时那种滑溜溜沉甸甸的感觉，只在黑暗中一个劲地摇头。

接受按摩后，乳汁喷涌而出，几乎飙到天花板上。然而伸子不会吮吸，只会含着乳头哭泣，久子便将乳汁挤进奶瓶里喂她吃。看见女儿一天一天如吹气的气球一般茁壮成长，久子心情平静了下来，觉得那恐惧也许真是孕妇们共同的感受。

七天过后，出院回家。久子调配奶粉时，为了试温度，将奶瓶柔软的奶嘴凑到嘴唇边，不想里面竟流出了许多牛奶，呛了她一口，浓郁的芳香扑鼻而来，似曾相识。

奶粉罐一直放在母亲的梳妆台旁边。

我念小学五年级时，多少开始在意打扮了，可那时处于战争期间，连女孩子都不许佩戴蝴蝶结，穿艳丽的衣服。就连运动会时穿件运动服，节日里穿双新的白袜子，我都会对镜端详，百看不厌。顺便还会打开奶粉罐，拿里边的小勺舀一点舔舔。

“久子呀，小宝宝多可怜。小宝宝没有别的东西吃，不像久子，又有面包又有米饭。”妈妈虽不曾当场看见久子偷吃，可是奶粉渐少，偷嘴的事便暴露了。

说到甜食，那时只有红糖块和黑市里流出的黑麦芽糖，奶粉那柔和的滋味，相较之下无与伦比。所以对正值长身体的时期、面对甜食馋涎欲滴的我，妈妈并不厉声责骂，明明知道奶粉减少，却没有将罐子藏起来，只是口头说说而已。那时候，小宝宝刚刚生下来半年。

我还记得母亲挺着大肚子的模样，那时候我们一同从医院检查完毕回家，待回过神来，正逢防空演习的高潮。警防团的人见母亲没穿扎脚裤，明知她正怀孕，却指责起来。母亲羞愧不已，对亲戚说“年过四十再怀孕，可怜现眼又丢人”，我在一旁听见，觉得很不是滋味。然而生下来，却是个可爱的小妹妹。

昭和十八年春天，学校重新编班，我早早放学回到家，见母亲躺在床上，接生婆待在一旁。我被带到四谷的亲戚家去。当时心中充满恐惧，好像妈妈就此便要死去。来到外边，趁没人注意正擦眼泪，发现一个小孩乐不可支地盯着哭哭啼啼的我。第二天照样去上学，放学后回到高树町自己家里，好像已是日暮时分。黑暗中，母亲和婴儿躺在床上，我看见婴儿口中含着的乳房膨胀得如此之大，大为吃惊。父亲在纸上写下“文子”二字，告诉我，这就是妹妹的名字。

如今回想起来，我依然觉得自己是疼爱文子的。排队买东西时，我总是背着她，就像幼童抱着布娃娃从不肯释手一般。我让文子坐在起居室橱柜上收音机和佛龛之间狭窄的空处，转过身背对着她，把带子系到胸前扎紧。母亲称赞说：“久子好聪明啊！”

我虽然疼爱她，但从没停止过偷吃奶粉。我不知道当时的配给是怎么回事，不过地板下面挖的防空洞里，存有许多奶粉罐，并不会因为我偷吃一点，文子就不够吃。不光偷吃，我还用牛皮纸信封装好，带去和同学换花生。

奶粉含在口中，会黏在上颌和口腔两侧，很牢，对镜张口时，嘴巴里白花花一片。那时我忽然想起患白喉死去的小孩，听说会有一层白色的膜堵住喉咙，发出狗叫般的声音，咳嗽着死去。

贞三还算溺爱孩子，但并不因为有了伸子就改变此前的作息。自从调到新设的电视台，他无法再以孩子为借口早退回家，不过深夜回到家，总会守在藤编的婴儿床前，久久地望着孩子的睡容。

半夜里孩子哭闹，他也不生气。偶尔傍晚时分在家，他还会帮孩子洗澡，因为力气大，洗起来得心应手。

“这是婴儿体操，做了腿长得长。”无非是些从育儿书上学来的知识。他将婴儿头下脚上提溜着，久子在一旁提心吊胆。

伸子八个月时感冒了，吃了退烧药之后，又开始拉肚子，拉个不停，明显地瘦弱下来。这么一来，贞三和婆婆都慌了手脚，又是换医生，又是迁怒于他人，闹得惊天动地，不可开交，久子却处变不惊。待孩子病情总算好转之后，贞三叹道：“啊呀，为人之母的自信可真伟大呀。我还以为不行了，办公室的电话铃一响就心惊肉颤，回家路上又担心会不会出什么大事，甚至害怕走近家门。你倒一点也不慌张。”

“哪里会这么容易就死掉，孩子的生命力可强大啦。”

“话是这么说，可她毕竟太小了。我甚至觉得她活着都是一件不可思议的事。”

“快别说这话。”

结果是大笑一场。

久子暗自奇怪自己为何不担心。固然，她观察孩子的呼吸，测量体温，更换冷水枕，喂药喂水，可是孩子的腹泻持续了那么久，最后拉出来的粪便都如同淘米水一样，甚至连婆婆都做了最坏的打算，可偏偏自己能镇定自如。这莫非真是亲生母亲动物本能般的自信？

恐惧仍不时掠过心头，仿佛云开雾散之后原形毕露，而我却硬生生地扭过脸去，不敢直视它。可那恐惧如今变得更加清晰鲜明：我的确在心灵的某一角，盼望着伸子死掉。我告诫自己，身为人母，是不能期待孩子死亡的。然而同时，我心中确切无疑地存在着一个念头：企盼她就此告别仅八个月大的人生。

伸子发育良好，八个月就能扶着拉门站立，眼见就要开始走路了。患病让她发育迟缓了些，我反倒如释重负。

妹妹文子也一样，胖得圆滚滚的，邻居们甚至建议送她去参加健康宝宝大赛。元旦那天晚上——那时文子好像也是八个月大——她站在被炉旁，因为看到自己喜欢的玩具在我手上，忽然向前倾身，摇摆着走了过来，旋即摔倒在地。因此第一个看见文子走路的就是我。

伸子仿佛要尝试大冒险，扶着拉门，望望榻榻米，又望望我。丈夫在一旁助威，口中嚷着：来呀，过来！走过来！我恨不得闭上眼睛，堵上耳朵。我希望她永远像现在这样。

当我若无其事将这想法说出来时，贞三道："那当然啦。永远像这样，不，还是两岁为好，正是最最可爱的时候。可她会不断长大，还会出嫁。她会跟什么样的家伙结婚呢？"

贞三颇具专业精神地准备了录音机，将咿呀学语的伸子的片言只语录下来，但对我的恐惧毫无觉察。

昭和十九年岁暮，父亲因为讨厌集体疏散人口，遂将我送往新潟，算作个人疏散，投奔的去处是父亲一个部下的老家。他们家经营纺织品批发。房屋是京都风格，开间虽不宽，纵深却惊人，中间有院子。他们在二楼给我安排了一间。父亲或母亲每隔十天来看望一次。这户人家也有一个与我同龄的女孩，可以作陪解闷。

那年冬天的新潟雪下得很大。有一天，说是蔬菜和鱼断货，大家都慌作一团。我因为习惯了东京的配给，反而觉得好笑。在新潟，虽然偶尔会有 B-29 轰炸机飞来，向海港里投放水雷，但总体上还算平静，仿佛不曾发生过战争。我也对雪相当习惯了，有时还帮着铲除屋顶的积雪。

由于他们家儿子得仰仗我父亲，所以家人对我很亲切，那同龄女孩也对我另眼相看，但那也许是因为我带来了许多书和玩偶。返回东京后，我们还通过信，见那小姑娘用罗马字写自己的名字，我居然愤慨不已：我算是个十足的“爱国少女”。

在那儿住了四个月，我又回到东京上女子学校。抵达上野车站时，发现虽然才离开短短四个月，四周的景色却已面目全非。车站内学生们围成圈放声高歌，中年妇女在号啕大哭，宪兵如临大敌，气势汹汹，简直像到了别的国度。高树町一带也明显拆除了许多房子，号称“疏散建筑”。

到底是自己的家，尽管灯火管制远远比新潟严格，却漫溢着令人怀念的气息，文子立刻扑入怀来。

伸子顺利成长，过完伸子的一岁生日之后，久子每日忙于琐碎的家务，又暂时忘掉了那恐惧。

一天，喝醉酒的贞三拿出一个大饼干桶，说是赞助商送的，递给伸子，并在伸子的央求下打开了盖子。量实在太多，伸子没吃，而是把饼干当玩具，啪啪啪折断后，又一块块扔进了废纸篓。

“不行，不能这么做，多浪费呀。”久子觉得自己只是轻描淡写地责备了几句，可独生女儿伸子素来任性，竟然哭得几乎抽搐。

“这要什么紧？她还不懂事。”贞三出面调解。

“那怎么行！太浪费了。不能糟践食物。”

“话是这么说，你也别歇斯底里地大吼大叫。”

“你就别掺和了。她可是我的孩子。”

“得了吧，你要吓坏伸子了。”

“你就别插嘴了。难得待在家里，只管娇宠孩子，会把伸子惯坏的。”

这下连贞三也不开心了，沉默不语。伸子待在角落里，还在哭哭啼啼，根本不明白眼前的事态。

“伸子，把你扔掉的饼干捡起来，放回饼干桶里去！”

“这种事，你说了她也不会懂。”

“你闭嘴！”久子泪水盈眶，激动地说。

贞三抱起伸子，不再争执，自己动手去捡拾废纸篓里的饼干，伸子也学着样捡了起来。

“太奢侈了。吃饭也是这样，不喜欢的，吃一点就扔下。又不喜欢喝水，只喝橘子汁。”镇定下来之后，久子说道。

“这个么，现在的孩子，没法子啊。我小的时候，连糟蹋了一粒米都要挨骂呢。不过那么生气地训斥孩子，男子汉可做不到。还是怀胎十月的妈妈有自信啊。”贞三半开玩笑地说。

不！我因为伸子吃点心时的浪费和莫名其妙的偏食动怒，并非为了这些。

刚回东京不久，三月十日就发生了空袭。高树町紧挨着红十字医院，所以平安无事。尽管大家都不相信这种说法，但还是相互转告。经历过东京大地震的父亲认为广场危险，为了以防万一，他将避难场所定为附近的美术馆。

五月二十五日夜里十点，防空警报响起，我们将缝纫机和粮食之类扔进院子里挖出的防空洞，覆上榻榻米充作盖子，父亲甚至来不及在上面撒一层土。

涩谷方向陡然大放光明，风越刮越猛，隆隆的轰鸣声几乎压得人抬不起头来。偶然抬头看看天空，只见夜空中漂浮着无数的火把，一点点地向北流去。

母亲背着文子，父亲提着铁桶，呆然仰望。到处都流传着躲进防空洞的避难者被堵在里面活活烤熟的故事。躲避在洞中，一旦燃烧弹落下，得马上扑灭它，但只需看看那数不清的燃烧弹，谁的力气都会丧失殆尽。

四周出奇地安静，旋即响起了“哐啷哐啷”击中瓦块的声音，“梆梆梆”爆炸的声音。自家和左邻右舍看上去似乎并无异状。

“不能松手！”父母将我夹在当中，迈步向前走。来到电车道上，狼奔豕突的人流中，大家相互磕磕碰碰，喧嚷叫骂。临街的二楼上人头攒动，众人一副事不关己的姿态，对着起火处指手画脚。向神宫方向望去，夜空全被染成红色，炸弹的呼啸声和爆炸声连成一片，不绝于耳。

来到南町，便看见了流火，火星只要击中什么东西，便会猛然迸裂，燃起大火。返回霞町，穿过广尾，只见左手边的高岗上鸦雀无声，顺着细细的小道登上去，那里有防空坑道，居民们似乎全避难去了，空无一人。朋友的钢琴老师就住在这一带，这里的地形我多少有所了解，便镇定下来。母亲将文子从背上放下来，交给我，和父亲一起站在坑道口，透过树丛眺望着火海。文子毫不害怕，想下到地上去。

我们正打量着被火光照得通亮的坑道，仿佛是看准我们有所松懈，炸弹的呼啸声又一次响起。一开始，我按照大人教的，用手指按住眼睛和鼻子，抱着文子向下卧倒。抬头向父母看去时，却见母亲倒在了坑道入口处。“绷带！绷带！”父亲惊慌失措，我想过去，却被父亲推了回来。母亲躺在那里，纹丝不动。

不知是燃烧弹还是小型炸弹的细小弹片，深深扎进了母亲的胸脯，我并没有亲眼目睹。伤口直径虽只有五毫米，母亲却当场死亡。

四谷的亲戚家也遭焚毁。我们只得寄人篱下，投奔父亲一位住在中野、应征入伍的同事家里。母亲的葬礼上，甚至连点一支线香的余裕也没有。二十七日中午，父亲将母亲的遗骨放在一个粗糙的盒子里拿回家来，一直默默无言地抚摸着我的头发。我背着文子，再度转移去了新潟。

新潟也变样了。谁心里都有数，B-29 轰炸机已经将大都市悉数炸毁烧光，今后的目标就是地方城市了。半年前那无忧无虑的景象已荡然无存，遍地都挖着防空壕。但凡凑到一起，话题准是算计有难时如何逃命，应该过桥往东逃还是朝海边跑。粮食问题日益恶化。

父亲的部下对东京已然绝望，逃回了新潟老家，认为这下日本已经完蛋，下定决心在此务农，因此他家的气氛截然不同了。在他们眼中，我不过是一个不相干的人，带着幼小的妹妹，被战火驱逐到此地而已。

“布娃娃和书全都被烧掉啦？啊呀呀，可真是……”同龄的女孩表面上做出同情的样子，脸上却分明写着“活该”二字，蔑视我们。

无论在谁看来，久子都十分喜爱孩子。伸子自不待言，就连听见邻家婴儿的哭声，她都会踊跃地去哄，也不管人家妈妈怎么想。有时见久子多管闲事，便有人冷嘲热讽说：“对婴儿来讲，啼哭也是种运动呢。”然而只要听见婴儿啼哭，她就会坐立不安。伸子跟爸爸亲，贞三回家晚，她便焦躁不宁，不肯入睡，还不停地撒娇吵闹，这时久子会忽然厉声怒吼：“别哭了！要说多少遍你才明白？快别哭，妈妈要生气了！”久子勃然变色，怒目而视，使得伸子更加恐惧，真的大哭起来。久子于是堵住耳朵，逃进另一个房间，闭门不出。待冷静下来，她会请求贞三以后早点回家。然而电视台的工作刚刚走入正轨，贞三没有依从，听了原因后不禁笑出声来。“什么呀，孩子晚上哭闹不必那么介意。你别去管她，她自个儿会睡着的。”

然而，久子益发不能忍受晚间和伸子独处了。虽然不是每晚如此，可一听到伸子的哭声，她便会坐卧不宁，取出贞三的威士忌兑水喝。拼命压抑至今的那恐惧的原形，伴随着伸子的成长开始无法藏身，逐渐显露出真面目来。

在新潟的生活很艰苦。

我们是由父亲送来的，等到父亲返回东京，这家人的态度便陡然一变，声称二楼我原先住的那间屋子已经由儿子住了，安排我们住在土仓里。土仓虽然有两层，却胡乱堆放着蓑笠、蓑衣、锄头等农具，还有木雕的胸像、肖像画、书箱及形形色色的破烂。他们在土仓中隔出来一个角落安置我们。马上就要到夏天了，这里却连一扇窗户都没有。

“这里很安全。盖得比防空壕还要坚固呢。”老人说。其实他是在我们抵达的当晚听见文子的哭声后，才这么安排的。

我没有被母亲的死击垮，可能由于事情来得太过突然，我一时之间来不及反应，也可能是充溢世间的腾腾杀气，令我连哭都不敢哭。

父亲说他会像上次一样，时常来看望我们，然而只需回想一下来新潟的路上难民拥挤成堆的混乱情形，便知道交通状况不允许他如此。

“已经烧到那种地步，不会再来空袭喽。”父亲说不用为他担心，还抚摸我的头嘱咐我，“文子可就交给你了。你已经是姐姐了。”

我深深点头，尽管心中充满了昂扬的斗志，却劈头遇上了粮荒。

房东一家在那一带的农人中属于威风的人物，却对我们的窘况视若无睹，每天管自吃白米饭，而我和年仅两岁零四个月的文子却只能吃些脱脂大豆、高粱和玉米。我在土仓前摆了一只小炭炉，自己生火做饭，还要走到井边去打水。

稍微安定下来之后，文子理所当然地开始思念妈妈了。早上，那同龄女孩去上学时，故意大声告状，让我听见："根本没法睡觉嘛，吵死啦！"土仓墙壁十分厚实，文子夜间的啼哭声肯定不能听得那么真切，我却瑟缩不安。

进入七月之后，土仓中闷热蒸人，我们姐妹浑身的痱子连成了片。但是只要漏出些许啼哭声，正房里的人便故意弄出巨大声响，将因为天热而洞开着的窗户关起来。无奈，我只得背起文子，沿着城东护渠瞎逛。没有一丝风，柳树的叶梢低垂着，纹丝不动。任我如何上下摇晃，还唱歌给她听，文子就是哭个不休。附近有家车床加工厂，路边堆放着装满金属碎屑的稻草包。我将文子放下，让她坐在上面，自己擦汗。四周不见一个人影。

连我都觉得无依无靠，也难怪她要啼哭。一个才两岁多的幼女，失去了母亲，而且又饿又热。不过，啼哭声着实可憎。因为文子不停地啼哭，连我也无法入睡。

"别这样噢。不哭了啊。"我不停地哄着文子。最后，我揍了她。我把她放在稻草包上，先是用巴掌打她的头，可是她仍然哭个不休，于是我便攥紧拳头揍了她。挨揍之后，文子果然不响了。我抱起她，走回土仓。

明白揍她就能让她停止啼哭后，每到夜里文子被梦魇惊醒，我就知道这是无休无止啼哭的前兆，便立刻动手揍她。这成了她的摇篮曲。

“妈妈们不是一边唱‘睡吧好宝宝’，一边轻轻拍打孩子的小屁股吗？”贞三边读报边说。看到有关育儿的文章，他便会剪下来，或是读给我听。也许他开始怀疑我对伸子的态度有问题了。

“拍打屁股不好，会影响脊椎骨，导致脑震荡。”贞三说道。

我失笑。“怎么会呢？”

于是他认真起来，解释说：“婴儿的骨头很软，任何一点小小的冲击都会立刻导致昏迷。父母以为孩子睡熟的时候，很多情况下是婴儿脑袋撞上了什么东西，引起了脑震荡。”

当时我没放在心上——不，我明白。就像线香的火花闪烁，我的胸中滔滔滚滚，然后心烦意乱，恶心不已。脑震荡！那么说，那时候的文子，是被我的拳头揍得昏迷了过去，才不哭不闹的吗？我每天晚上都将才两岁多的婴儿击昏在地吗？

我走进厨房，旋开水龙头，让水流疾喷，手伸到飞溅的水花中，命令自己：不要想！不要想！然而土仓里的黑暗却浮现眼前。

我不仅揍她，而且像从前偷吃她的奶粉一样，借口文子闹肚子，将日渐减少的配给全部吃光，只给她喝米汤。偶尔配给些红薯干、萝卜、鸡蛋、鱼等，她不过是个无知的孩子，我却还特地藏起来，一个人贪婪地偷吃。文子眼见着瘦弱了下去。父亲寄来信和钱时，我便去白山神社旁边的店，买黑市的红豆甜粥吃。为了自己能活下去，文子是死是活根本就无所谓了。

战争结束，父亲来接我时，轻描淡写地说了句：“以后一切都会好起来。让你受苦了。”

两人赁屋居住，在父亲的庇护下，我扮演起主妇的角色，整日忙得焦头烂额，新潟的经历远远遁去，遁到爪哇国了。后来又结了婚。当我得知昭和三十年新潟大火之际，那纺织品批发商也罹灾被烧，只觉淡然，并不曾产生特别的念头。然而生下伸子后，我仿佛被赋予了一把利刃。刚刚生下来时还算好，到了后来，伸子的一举手一投足都如影随形缠绕着我，让我想起文子。我好不容易才将这种念头压下去，可贞三读了报上那篇文章后说的这番话，却让一切无遮无拦，裸露无遗了。

堵起耳朵不愿听见啼哭声，就是为了逃避那段记忆。对浪费点心的伸子大光其火，就是在不知不觉之中把她与喝了近两个月米汤的文子进行比较。自以为已经时过境迁，完全忘却了，到头来却发现并非如此。

尽管不能以一句“战争时期的特殊记忆”来打发，那两个月也确实宛如一场幻梦。战争结束后，日常生活又以骇人的势头卷土重来，然而我并没有忘却往事。

我清楚地记得，即便不曾直接下手，我也用了和亲自动手相去不远的方式，剥夺了妹妹的性命，杀死了文子。具有讽刺意味的是，眼见亲生女儿伸子日渐长大，日益接近文子死去时的年龄，预感渐渐露出本相。伸子用她那天真烂漫的笑脸，用她那咿咿呀呀的童言，尖锐地谴责着我的罪孽。

凝视着啼哭不休的伸子，我便会想到：自己曾狂揍这样一个孩子，把她揍得昏迷过去。凝望着吵着要喝橙汁的伸子，我便会想到：自己曾抢走这样一个孩子的口中之食。我愿意将对文子的爱一并给予伸子。假如真有时间机器，我愿意把这里的曲奇饼、糖果和薄脆饼，送给那连哭泣的力气都没有、躺在土仓中一动不动的文子。我痛哭流涕，却无法蒙混过关。我的罪孽不会消失。

昭和二十年八月十三日，新潟市全体市民遵照命令实施疏散。人们已知道在广岛和长崎投下的新型炸弹是原子弹。尽管听说方圆两公里尽被夷为平地，却没有真实感受。此前见识过的最厉害的无非一吨炸弹，至多能摧毁一条小街。爆炸时还是有死角的，穿上白色衣服就可以防止辐射等等，众说纷纭，莫衷一是。同时谣言四起，说京都、奈良、金泽，新潟以及东京的世田谷、杉并，大阪的森宫一带，必有一处将遭到原子弹的袭击云云。而由于最近长冈一带刚刚挨过轰炸，新潟众人神经尤其紧张，失魂落魄地逃往近郊的寺庙里和田埂上（因为是夏天），甚至在阿贺野川的堤坝上露宿。

飞机从塞班岛飞过来，东京新潟对他们而言，距离相去无几。然而新潟毕竟地处偏僻，而且市内除了炼油厂没有像样的设施，因而此前毫无紧迫感。但正因如此，当上边下令当天便得出逃，原则上徒步，而且除了口粮禁止携带任何财物时，警防团仿佛发疯似的敦促催逼，警察则骑着自行车四下巡逻。人们吵吵嚷嚷，不知所措，天气这么热，饭团恐怕得烤一烤，不不，还是水更重要。简直像大扫除又遇上火灾，乱作一团。

“你们俩咋办呀？俺们要到木崎村去，可又不能带你们一起去。”老太婆对久子说道。

“那可不行！连俺们也是硬求着人家帮忙的。不要紧的，你们只要离房子远一点，就不碍事了。”曾经是父亲部下的汉子一边说，一边往背囊里塞着西服，甚至连卫生球都没忘记放进去。

“这个装得下不？”老太婆将家谱和牌位递了过来。

“放到布袋里去！”汉子冷冰冰地答道。

女儿则忙着将教科书参考书塞进帆布包里，把算盘和直尺、鞋子用绳子捆好。

晌午过后，他们拉起平板车、驾着马车逃命去了。开往新潟的车辆如无许可证一律禁止通行。久子走到外边，遥望着逃向万代桥的人流，心中并没有遭人抛弃的恐惧，反而因为房东家空无一人、不必再提心吊胆而兴奋。恰好新发了特别配给，每人分到相当于三餐分量的干面包，久子于是拿出来，递给文子。此时文子额头上痱子破了，化脓结痂，卧床不起，连吞食的力气都没有，只是一个劲儿地吮吸。

毕竟是旧家，连扁担都有，一家之主背着背囊，将行李分开来挂在扁担上挑着，待两点钟警报一发出，便大喝一声：“来啦来啦！”于是或步行或挑担，一齐出发了。“奶奶！还不快点下来！”门外尖声高叫，老太婆犹自在二楼哗啦哗啦地关防雨木窗。消防车驰过，作为保安人员留下的警防团和居委会干事伫立在街角闷声不语。一百来个赤裸着上身的士兵朝海岸跑步而去。大街上挤满逃难的人，然而人们没有逃命的紧迫感。女人们拉着孩子的手喋喋不休地聊天，老人拄着手杖目不斜视，中学生三两成群打打闹闹。病人出乎意料地多，横卧在铺着厚被子的门板上。无人回首看一眼自己住惯了的街市。

太阳落山之前，人流不绝，而日暮之后，一下子变得空无一人。

我走下东护渠，下到低于公路两米左右的河面，眺望着在若有若无的流水中摇曳的水草，背倚着烟霭弥漫的运肥船，沉湎于漫无边际的冥想之中：有没有一个遥远的去处，可以让我逃到那儿去呢?

头顶上吱吱作响，是一辆自行车过去了。远处传来爆裂声。满天星斗，让人不觉得恐怖。我已习惯了孑然一身，周围别无他人时，一母同胞的文子还是让我觉得是胜过一切的凭仗。

有些日子不曾抱过文子了，我便抱了她出来。背负着她瘦弱轻纤的身子，我彷徨在黑暗之中。远处传来铁棒拖过地面的声音，那是居委会的人在巡逻，防范小偷。此外再也没有活物了。白昼的余热怎么也不退去。我连声呼唤文子，却没有回音。

父亲是医师，据说被赶去治疗空袭中负伤的伤员，腾不出时间来看望我们。警防团办公室里，四五个人在喝酒。我想起曾和母亲在涩谷的店里吃荞麦面，那次我努力搜寻盛面条的小笼屉下是否还藏有面条，被母亲责备；想起把倒在地上的母亲往防空壕里拖时，那沉重如石的躯体。父亲当时说了一句话：“完了。”我连哭都哭不出来，将母亲的防空头巾取下，用梳子给她梳头发。文子还不明白发生了什么，抚弄着母亲暖意尚存的手。

自打来到新潟之后，我头一次流泪了。

回到土仓里，我将文子胡乱放下，便哭倒在地上。然后坐立不安，走到外边，又走回来，悄悄钻进了上房。毫无意义地走过一间又一间印象依稀的房间，似乎推开拉门打开隔扇，妈妈就在那儿。不不，大概仅仅是心绪难平，坐立不安。

窗外的黑暗忽地让我觉得恐惧。这时忽然传来急促的敲击木鱼的声音。这里还有人！只要有人，不管是谁都行，我都想倚赖他。侧耳倾听，那声音是从隔壁传来的。我从后门绕过去一看，昏暗的室内坐着老太婆，正念诵佛经，左手一动，便会响起木鱼声。

我拉开门，想看个究竟。这间屋子似乎是佛堂，一面墙壁布置成佛坛。摆动的不仅是手腕，老太婆的整个身体都在颤抖不停。不知道她有没有注意到我，我犹犹豫豫，不敢打招呼，然而看见有人，我便觉得高兴，倚在门上，又啃起了干面包。

不知道过了多久，眼前忽然出现了身穿扎脚裤的房东阿姨。她好像也吓了一跳，退缩一步。细看时，发现她推着一辆自行车。

“奶奶，甭这么固执了。咱们走吧！”老太婆岿然不动。阿姨又说：“来，站起身来。”

语气固然恭谦，但人却绕到了老太婆身后，反剪住她的双臂，半拉扯半搀扶地抱着她站起身。

“俺是咋也不走的……”老太婆语速很快地说了句什么，听不太真。

但阿姨连拖带拽地将老太婆拉了出去。“大伙儿都在担心呢。说是没脸面对祖宗了。”

“俺要死在这儿。俺要跟祖宗们去。”

“来呀，坐到自行车上来吧。”

老太婆虽然嘴上抗辩不休，却主动坐上了自行车后座。

“哎……请带上我，好吗？”阿姨推着自行车离去，我在后面用嘶哑的嗓音喊道。

阿姨大概是没有听见，飞快地融入了黑暗中。我奔跑着去追赶她们，可跑到外边，已不见自行车的踪影，我陡然生出恐惧，毛骨悚然，浑身颤抖。

我跑着，听见人声，便止步停下，那却是忘了关的收音机。桥头的警察署里也不见人影。三岔路往左去是铁路道口，沿着那条路一直前行就是新发田，上次来时，我曾经同纺织品批发商的女儿一道去过。我六神无主，一心想找个有人的去处，不管什么人都无所谓。我在漆黑的暗夜里奔跑，不久后来到一望无际的水田。月光下，白晃晃的一条小道延伸向前方，然而远离了人家，却又令我恐惧。

“爸爸！”我放声高喊。仿佛为追寻这喊声，我决然迈步向前，又呼喊了一声。

“你在找谁呀？”不想近处传来了回答，“大概在前边，冲着前边喊呀！”

我凝神望去，田埂上蹲着五六个人。我多少有点清醒了，喉咙焦渴得冒烟，咽了一口唾液。继续前行了五百来米，只见田埂上满满地蹲着人，守护着很少一点家具器物，像是怕一不小心发出声音就会遭到袭击，全都屏气凝神。我不觉想象着广场上狂欢节般的热闹景象，而眼前实际上迥异于白昼的喧嚣，宁息平静。我在离人们稍远处坐下来，脱去鞋子，将脚浸在稻田的水里，才想起了文子。

想是想起了，却怎么也没有力气回去。原本就心中有数：之所以借机两手空空地往外跑，是因为有条不紊地收拾停当再独自逃生，将文子弃置不顾的话，未免于心有愧，还要遭人责难。

文子有干面包，仅仅一个晚上应该没有关系。明天天亮后我再回去，把她带到这儿来，然后再到前边阿贺野川堤坝上去，在堤坝上挖个防空洞，跟文子一起躲起来。不不，索性坐上火车到东京去。假如会投放原子弹，东京反而更安全。背着文子，傲视着这帮乞丐般蹲在田埂上的家伙，昂首阔步回到父亲身边去！文子的脓包和腹泻，父亲立马会给她治好。

回过神来，已是早晨，男人在灌溉渠里洗脸，女人用石头围成灶生火，稻草架下一个女人在解手。人数比夜间看时要少，约莫五六十。似乎都是附近的居民，有人还赶回家去拿了鸡蛋之类的来，像要去远足。

我跟在一个似乎要回城里去的男人后面，顺着昨夜过来的道路缓缓地往回走。到了早晨，对文子的牵挂淡薄了，只剩下强烈地想独自一人返回东京的心情。白日里望去，街道、房屋与平素无异，太阳已经火辣辣地灼烤着我的后背。来到东护渠，只见有人在门口钉木板，有人肩扛着包袱，大概是担心家财。

我机械地从纺织品批发店后门走进土仓。当时我究竟在想什么，回忆不起来了。我一脚踏入土仓，十来个黑影四下里窜散开去，留下地上一样红色的东西。许久之后，我才明白过来，那红色的东西是文子，而四下窜散的是老鼠，那些老鼠是在扯咬文子的身体！不知过去了多久，回过神来，我发现自己正蜷缩在白山神社内的防空壕里。收音机喧嚣地播放着大阪遭受空袭的新闻。明明不可能听见，我却无比清晰地感受到了大地的轰鸣，哆哆嗦嗦，浑身颤抖。

十五日早晨，疏散命令解除了。文子的遗体由警防团火化了。纺织品批发店的汉子并不哀伤，反而嫌恶土仓被血污弄脏。他们焚烧杉叶净室。一只小鼠被弥漫的烟雾熏得无处藏身，逃之不及，被汉子一脚踩死。小鼠口吐鲜血，望着天空，眼中映出了晴朗澄澈的蓝天。

十六日，父亲来了，向房东家询问了详情，整整一夜不言不语地抚摸着哭泣的我的头发。

"是不是因为丧失了做母亲的自信，变得神经质了？"审讯室昏暗下来，刑警耐心地等待久子的回答，不时自言自语，低声嘟哝，"就连动物，母亲也会为孩子舍弃性命嘛。你是不是疯了？"他用钢笔咯哒咯哒敲击桌子，喝了口茶，又问："肚子饿了吧？"

久子动也不动，只是深深地呼了口气。

父亲不曾问，我也未作辩解。十五年过去，我还以为自己已然忘却了，但并非如此。伸子越来越接近文子当年的年龄，我总害怕会有黑影从熟睡的伸子身上四下窜散，留下一块红色的肉团，于是我片刻也不敢离开伸子。而且，伸子的脸，总是同文子那瘦瘪的、布满了脓肿和疮痂的面孔交叠一处；她的啼哭声，听上去就像文子因饥饿而奄奄一息的哀鸣。

被老鼠啮去疮痂时，文子在呼喊谁？被遗弃不顾，惨遭老鼠袭击而哭喊哀号时，她在向谁呼救？是我。可我只顾自己逃命。两天后战争就结束了，如果那时我带上她一起出逃……杀死文子的就是我！对不起！伸子的面容，看上去就像是文子，眼窝变成了空洞、浑身鲜血淋漓的文子。我用棉被死命地将她遮藏起来，一面不断地道歉：对不起！于是就……

“你用棉被把伸子捂死，心情怎样啊？她一定闷得难受，拼命挣扎吧？那种感觉还留在你的手上吧？小小的身躯在你手下拼命挣扎的感觉，啊？你既然能够自首，说明你精神是正常的。你为什么要杀她？”

“我想变成老鼠。”

“老鼠？”

“我想变成老鼠，被人踩死。请浇上汽油，放火烧吧。那样的话，一定……”

刑警盯视着久子，不知道她要说出什么来。

久子用手梳拢头发，叮嘱道：

“请把我杀死。”

探戈舞曲

长九尺宽十一尺的三坪[1]大的狭窄小屋，木板地面木板墙壁，南面六尺高处，开有一扇幅宽一尺的细长窗户，窗户上排列着向外伸出的铁条，间隔为两寸。天花板比窗户上端还要高出两尺，中央一只五烛光的电灯泡，由铁丝网罩护着。木纹灰暗，凸显图案处则是漏雨的遗痕。

西北角有一只直径一尺五寸、高二尺的木桶，一片已然绽裂破损、半叠大小的草席，再加上一本旧杂志，便是全部家当了。木桶旁边是门，仿佛连厚达两寸的门板也信不过，还斜着钉上十字交叉的木条。齐眼高的小窗，是供有“坦克”“小胖子”“娘们”等绰号和武术段位的教官们蹑手蹑脚地走近窥探用的，通称“阎王孔”。

通过阎王孔往外看时，由于门板太厚、走廊太窄，仅仅能望见对面囚室门口的一小块墙壁。体力尚存时，只需紧紧抓住窗口向外弯曲的铁条，尽管手腕几乎断裂，吱吱作响，但按照引体向

---

① 面积单位，1 坪约合 3.3 平方米。

上的动作要领引颈望去，便可以看见咫尺之外农家的院落，再往前，则是绵延的水田，尽头却被淤滞的水流那慵懒的光阻断。然而被收容进这里的人，还没来得及对那片景致产生厌倦，过上两个星期，便先自丧失了体力，窗户便成了单纯的采光口。

在这三坪的房间中，十六个人起住坐卧均觉拥挤，难免磕磕碰碰。这些人中最大的十七岁，最小的十一岁。收容时间最长的为一年半，那头儿似的威势，就体现在不同寻常的消瘦上。从后面看去，屁股好似上了年纪的大象的皮肤，皱纹累累。双腿无异于两根竹竿，只是将竹节换成了膝盖。脚背肿得发胖，表皮上仿佛有鼻涕虫爬过，滑腻腻的，交错着发出钝光的纹路。在细脖子的支撑下，无法再缩小的脑袋大得异样。

“看得见屁眼吗？看得见的话就要死喽。”少年不时踉踉跄跄地站起身来，褪下裤子，扭头向后。

一旦屁股上的肉全部掉光，肛门裸露可见的话，营养失调就到了极致，不出半月便将一命呜呼。此话也不知是谁先说起来的，已成了这家收容所内口口相承的传说。

听少年的口气，仿佛事不关己。见众人沉默不言，他便说道：“对不住了。叫你们瞅这么脏的屁股。”仅仅起身站立，他便已气喘吁吁，旋即崩溃般躺在地上。

最新的伙伴是三天前关进来的高个子。将少年从拘留所运到鉴别所，再运到枚方少管所分所来的卡车，总是在深夜时分抵达。少年们小心翼翼的步履、教官们亢昂兴奋的骂声，先来的人们都十分熟悉，黑暗中被惊醒时，心中都是同一个念头：千万别将新来的分配到我房里来。这全是因为房间太狭窄。

秋日的黄昏，天上那些许的蓝色刚一消失，便得熄灯就寝，起身坐着时问题还不算大，一旦躺下身子，则不管情愿不情愿，不是你碰着了我，就是我踢到了你。纵然也不乏恫吓新来者、勒索钱财的乐趣，可是眼下，盼望避免沙丁鱼罐头般拥挤一处的心情远为强烈。

然而，偏偏就在这间屋子的门前，响起一声“请多多关照”。随即一个高得出奇的人被搡进门来。不知是因为尚未习惯黑暗，还是原本就反应迟钝，他接连撞到了两三个挤得严严实实的少年。如果粗声喝骂，教官立马就会飞奔而至，所以众少年压低嗓门围着高个子连声怒斥，吓得他动弹不得。他终于在木桶——尚未察觉那其实就是便桶——旁边狭窄的空隙处抱膝坐下，口中还悠然说道：“俺被拍电影了。从法庭出来的时候，被拍进新闻简报里去了。也不知把俺拍成啥模样了。”

“你都干啥了？”高志问。既然拍了新闻简报，那准是重罪无疑。

“俺偷了水井上的水泵。”高个子答道，“装在大板车上拉了就跑，不想留下了车轱辘印，一下子就被逮进来了。”

“你这头傻驴！甭他娘的乱放屁了！”天六一带小流氓出身、年龄最大的樱井厉声斥骂道。

“这儿有虱子，请你忍耐忍耐。”年仅十一岁却染上了梅毒淋病的小鬼头戏弄道。

其实也无所谓忍耐不忍耐，老规矩，不出三天就能产生免疫力，既不肿也不痒了。而跳蚤臭虫的蠢蠢蠕动，毋宁是待在此地最大的慰藉。

高志在约一个月前被送来此处。他被押上带篷的卡车，从颇为眼熟的守口警察署门前经过，在车中摇荡了约莫三十分钟，才来到坡道上。从鉴别所一同被押送来的六个人，个个沉默不语，护送的两个警察也缄口不言。正当他心内开始发慌，不知道自己要被送到哪儿去时，车子猛然停下。高志跳下车来一看，只见黑夜之中，一座森严的大门发出吱吱的声响，缓缓打开，里面是陈旧的木结构建筑。

“整队！成两列横队！不准磨磨蹭蹭！”四辆卡车上跳下的都是少年，虽然奉命整队，但个个莫名其妙，不知所措。站在教官身旁的那位运气不佳，只听见一声闷闷的声响，整个人如一根木棒子似的被击倒在地。于是众人仿佛挨了电击，慌慌张张地排起队来。

“报数！”“稍息！”“立正！”战争结束已经两年，可是喊口令却还是战时军训的风格。三位教官昂首挺胸、威风凛凛的架势，也同当年军方派来负责军训的军官们毫无二致。

“你们目前要在这里锻炼一段时间，大家都要做好思想准备，彻底改造。听见了没有？”

瞪着众人的脸大声训话的，便是“坦克”。而尖声吼叫“脱光衣服”的，则是“小胖子”。

少年们个个像流浪儿或野孩子一般，但满是污垢和汗水的裤子仍被剥个精光。众人不免感到害臊，用手遮住羞处。

“别学女人的臭模样！”教官拿棍子挑起众人脱下的衬衫、裤子和内衣，逐一检查。

“带行李的家伙，出列！”

听到命令，唯一的财产是帆布旅行袋的高志向前跨出一步。

“里面装的什么？”

“换洗内衣。”

其实还有一些不便明言的破烂货。然而教官只是恶狠狠地瞪了高志一眼，没再多问。少年们交上去的包袱、手提包等共五样行李被没收。教官点名毕，他们便这么赤身裸体地端坐不动。

这些少年都是小流氓，曾经坑蒙拐骗，敲诈勒索，在焦土废墟的黑市上横行霸道，可眼下却似乎被教官们的气势压倒，不敢私语一声，规规矩矩地坐在地板上，不安地环视四周。不明就里的建筑、昏暗的灯光、高高的天花板，墙壁都是板壁，看不到像模像样的房间。唯有教官们拖鞋的回声惊天动地，听上去十分不合时宜。

十二三岁的孩子搬来铁桶，放在队列的尽头。“米饭！”众人立时喧嚷起来。孩子冷笑着正欲退下，忽然想到了什么，又将铁桶移到了端坐不动的少年们伸手够不着的地方。当他再次从黑暗的走廊里走出来时，双手抱着铝制的饭碗。

“反正是剩饭，请大伙儿别发牢骚。”他直接就拿着碗来舀。汤里面掺杂着几粒米，递给每人一碗，还剩下四分之一，就这么搬回去了。

说米饭，那是夸张。大伙儿大眼瞪小眼：就算在拘留所里，还有面包或是麦饭、面疙瘩汤、有点嚼劲的盒饭吃呢！无奈之下，众人只得鲸吞般大口喝汤。

“凡是违反规则的，一律关到禁闭室去！”“坦克”鼓起腮帮子吼着几点起床，几点开始干活。不知是没听明白关禁闭是什么意思，还是听见“坦克”的腔调回想起学校生活，顿生亲热之情，一个人扬声问道：“禁闭室是怎么回事？”

“坦克”一把揪住那少年略有些长的头发，脚步声震耳欲聋，将他拖到走廊深处。“就是这里！这里就是禁闭室！给我记牢了！”

咣当一声，好像门开了。大概是吓得不轻，十五六岁的少年竟然幼儿般哭出声来，旋即那哭声就变得十分微弱了。众人明白，那是因为禁闭室的门已关上，也明白了此地是何等的森严。

“逃跑、反抗、不服从命令、勒索钱财、私下斗殴打架，统统都关禁闭！怎么样，你想被关进去试试吗？”“坦克”问队列中身材最为高大的少年，见少年抽搐似的摇着头，他冷然一笑。

“站起来！穿衣服！报数！”

然后五人一组带走了。高志被带到跨廊对面的建筑，站在二楼尽头的十八号房门前。打开门锁之前，教官先用手电筒从阎王孔照进去观察一番，再将门推开一半，从背后猛然一把将高志搡了进去。高志一个趔趄，身后响起沉重的锁门声。那时房间里只有八个人，多少还有点宽裕。等到眼睛习惯了从高窗射进来的月光，他才横躺下身子。

“这里有虱子，请你忍耐忍耐。”小鬼头似乎挺开心，率先跟他打招呼。

待到静下心来，便觉得饥不可耐。高志这三天仿佛在随波逐流，先是拘留所，再是法院、鉴别所，最后来到这间真相莫辨的集体牢房，变化之快令人眼花缭乱。他不免感到吃惊，茫然地被拖曳着前行，忘记了腹饥。

分明新增了一个高志，可室内全无骚动的迹象，不知是已然司空见惯，还是早就心灰意冷。面对高卧不起、管自沉睡的老房客们，高志心想，看来此行告一段落，暂且得在这里住上一段时间了。此时，他陡然感到腹空难忍。对于腹饥，高志早已习以为常，于是将力气集中到横膈膜，收缩胃囊，让方才的汤水顺着食道爬上喉咙，在口中弥散开来，舌尖怅然地体味着那已经溶化、若有若无的饭粒。猛然间，他嗅到一股萝卜的气味，这才明白刚吃的那玩意儿是在萝卜汤里倒进剩饭做成的。

高志仿佛牛一般，会反刍吃下的食物。此时这样做，与其说是因为腹饥，毋宁说是眼前没有食物令他心慌。不不，当嘴巴里含有食物大口咀嚼，感觉有东西通过咽喉时，心情是宁静从容的。然而任如何猛吃，也没有吃饱的感觉，哪怕是将堆成山的面包独自一人全部吃光，可吞下最后一块面包后，立刻便会生出无边无际的不安和恐惧。兴许是为了缓解这恐惧，马年生的他竟学会了牛的习惯，而这习惯大概始于一年半之前，昭和二十一年的初夏。

高志就读于大阪郊外的中学。午间休息时，大伙儿都横躺在校园尽头的土堤上吃午餐。同班同学多为农家子弟，带来的都是煎鸡蛋、咸鳕鱼子、腌海带、咸梅干等令人羡慕不已的便当，旁若无人地大快朵颐。唯独高志没有吃的，声称去学校的小卖部买十元一盘的红薯面包，可他并没有那个钱，只能拼命吞咽喷涌而出的唾液，仰望着天空的云彩。

蓝天之下一望无际的水田被划分成四方形，处处闪耀着白光，那是引水入田，准备栽秧。听到旱灾、台风这类与稻作相关的消息，他便像贫穷的小雇农，忧心不已。

正望着，人们已经吃完便当。其中尤为阔气的一群人自新学期开始便组织了一支乐队，开始排练了。手风琴笨拙地奏出刺耳的旋律，小号走腔走调的乐音随风飘散。听着听着，胃囊急剧收缩，舌尖仿佛被施了魔法一般，碰到了三四颗大豆碎粒。这是早晨出门时，妈妈装进牛皮纸信封里递给他的，说是虽然当不得饭吃，也可以应付一下。上课时，高志像吮糖般一粒一粒含在口中，固然是害怕咀嚼大豆的声音太响，但更是珍惜口中含有食物时的感觉，这种心情十分强烈。许久，他才万分珍惜地将大豆碎粒收藏到胃囊里去。

用牙齿嚼碎已经泡得发软的大豆，享受它芳香的气味，吞咽下去。猛然有更多的碎粒涌上来。这大约是食道的形状使然。嚼碎的大豆凝固在流线型的扁圆的食道中，这样就能清晰地产生吃东西的感觉。吞咽下去之后，高志再次努力，尝试着尚不熟练的反刍。然而大豆碎粒也许已被唾液和胃液消化尽，这时再也没有东西回到嘴里了。饥饿感立时袭来，身心再度枯萎，而手风琴仿佛在嘲笑他，反复奏个不停。

后来经过打听，高志才知道这曲子是《假面舞会》，一支探戈名曲。自此以后，每到午休时，他便站在走廊眺望。

“拉手风琴的那个小子，手指头那么细，简直像个娘们。”

“那个敲鼓的家伙啊，他爹是个黑市暴发户。就是他出钱买齐乐器的。”

同学们也在遥遥眺望，怀着妒忌议论不休。高志对这些议论毫无兴趣，一心一意地等待着那支《假面舞会》。

许是意识到有人在观看，那装腔作态的男生，用那与男人身份不相称的纤细得出奇的手指按动手风琴键盘。随着他的手指翻飞，高志的胃壁忽然一阵紧缩，脱脂大豆、凉拌红薯叶、红薯干，妈妈那一片片的爱心，自己感恩戴德地在上课时吞食下去的东西，便又回溯到口中。

“怎么样，你也来一起干？我们还缺个拉小提琴的。”黑市暴发户的儿子根本没想到高志竟是在学牛样，大模大样地问道。可高志毫无此意。他曾听爸爸说过，拉小提琴会将松香粉末吸入肺里，染上肺病。

爸爸是个船医，在往来于南洋群岛的客货船上工作，每月回一次位于大阪和神户之间的鱼崎的家探亲，每一次都会带回木瓜、芒果或者船员钓的鲈鱼作为礼物。高志很少见到他。爸爸胖胖的，缄默寡言，所以见了面也难以亲近。只有一起洗澡时，高志才仿佛变了个人，跟爸爸聊天。尽管爸爸只是哼哼哈哈地点头，高志依然觉得高兴，真一句假一句地信口开河：自己在国民学校相扑对抗赛上连破对方五员大将，去三宫看电影时小流氓缠上来寻衅，反被自己摔得人仰马翻等等，全是不擅打架的高志凭空编造的梦话。可爸爸却毫不怀疑，总是从不离身的黑皮包中拿出印有外国宾馆名字的活页日记本，一丝不苟地记录下来。

甜食点心之类在市面上销声匿迹后，爸爸回国时总会带来画有女子站在码头上伸手迎接乘船人的巧克力，据说是飞行员们吃的。与其他孩子相比，高志幸福得多。

昭和十五年，举行天皇纪元两千六百年纪念大典的时候，爸爸头一回休了一个多月的长假，跟街坊邻居一起载歌载舞。人高马大的他身穿统一式样的和服，舞姿出人意料地优美，高志看得目瞪口呆。然而他却不像别的孩子，不好意思缠着爸爸要这要那，只管一味跟妈妈撒娇。

昭和十八年岁暮，妈妈对高志说："爸爸要好长时间不回来，你让爸爸给你买样东西呀。"也许在战事日趋激烈的情形下，妈妈已然预感到，在与地狱仅一纸之隔的运输船上工作的爸爸可能死去，才会如此怂恿高志。而高志怯生生地要爸爸买的，是一辆价值两块钱的电动玩具汽车。第二年春天，爸爸在特鲁克群岛的近海，跟船只一起葬身鱼腹了。

"你爸爸没有了，你更得好好学习。"在披挂着黑色丝带的爸爸的遗像前，妈妈告诫高志。

然而高志并不觉得格外哀伤。他觉得胖胖的爸爸像一只狸，而眉毛稀疏、每日用眉笔描眉的妈妈像狐。有一次他到省线本山车站附近去捉知了，看见一个下车的男子的肥胖背影很像爸爸，然而爸爸不可能在这儿，他疑惑地尾随其后，直至看到那人走进家里。仔细辨认过，的确是别人。高志半开玩笑地将此事告诉了妈妈，妈妈大为光火："哪有孩子竟然会认错爸爸的！"

父亲待在身边自然有安全感，每次回家带的各种各样的礼物也让高志十分开心，然而被告知父亲化作了南洋的海藻——其时高志正上中学一年级，校长在晨会上向全校同学介绍高志的父亲——高志只是感到害臊，既没有与年龄相符的亢奋，也没有哀痛之情。

妈妈习惯了多年来寡妇般的生活，一从家务中腾出手来，便去当街坊小组干事或是防空班班长，样样都应承下来，而且连鱼行、蔬菜水果店、干货店都精明地一一笼络妥当，确保能早于旁人领到配给品。

"真是人人贪得无厌。只要我去买东西，左邻右舍都在后面跟来了。"她向高志抱怨，然而到了晚上，却依然在灯火管制后那昏暗的灯光下，缝制着街坊小组的邻人们嘱托的扎脚裤或是妇人的罩衣，操劳不息。妈妈是个性格坚毅的人。

一天，高志第一次痛切地为饥饿感到悲哀。

每当放学回家，他总是进门就喊："妈妈，来点吃的！"以往哪怕在外饿得头晕目眩，回到家，起码面包饭团之类是肯定不缺的，他坚信只要回到家里，总有东西可吃。

屋檐下堆满了囤购的煤，将近半吨，可总不能拿来煮饭吃，高志便上六甲山，因不能采伐树木，就捡拾些枯树枝回来，聊以补充烹饪用的燃料，就像二宫金次郎[①]一般，背在背上回家来，心

① 二宫金次郎（1787－1856），日本江户时代著名农政家、思想家。

想好歹也帮家里干了活，想必可以饱餐一顿了。高志便喊道：“妈妈，来点吃的！”可妈妈端出来的，却是炒好的脱脂黄豆，仅仅遮住大海碗底。

“我肚子饿坏了，想吃米饭。”

面对高志的抗议，妈妈面无表情地说：“说这话也没用。配给又误时了。明天你不是还得带饭吗？这会儿只有那么一点米啦。”

走在住吉川的堤岸上，木柴的重量一点点地勒入肩头，高志一边忍耐着，一边在心里描画着饱食一顿的美梦，可这美梦却在转瞬之间灰飞烟灭了，他感到无比哀伤，眼泪点点滴落。

“你怎么了？男子汉大丈夫，不能为了饿肚子就哭哭啼啼的！”妈妈斥责道。

然而高志再也忍耐不了，涕泗横流。他走到外边，听见街上有中学生在说：“与塞班岛共存亡！”七月的天空万里无云。

这年岁暮，配给有一块鲑鱼。妈妈说自己太忙，叫高志去市场排那长蛇阵似的队伍。也不知道何时开始卖鱼，何时才算卖完。高志起先还沉湎于读了一半的话本小说，不久便觉得又冷又饿，眼泪潸潸地流了出来。

有一次听说相邻的街区在卖杂烩粥，他便忙不迭地端着锅子飞奔赶去，谁知就晚了那么一步，人家已经售完了。而跟自己同年级的一个女生，却骄傲地捧着黑乎乎简直就像呕吐物的杂烩粥。望着她那昂首凯旋的身姿，高志又眼泪汪汪。

高志原本就是个懦弱的哭鼻虫，十三岁的男孩中，有人当了少年通信兵、坦克兵，还有人进了陆军幼年学校，高志却因为饥饿脆弱地号泣出声。

妈妈说："你爸爸给咱们存下了不少钱，你就好好地念书，一直念下去，不必担心。"的确，他们在住友、神户、三井等银行里有好些存款，此外还有保险、战亡津贴、慰问金，钱是有的。而妈妈在丧失了家中的顶梁柱之后，显得愈加坚强，防空训练时争先恐后，爬云梯，舞动火掸子，外出采购时也冲在前头。

随着败势越发明显，黑市日渐不可企及。然而高志反而不时得些食物：义务拆除建筑物以减少空袭带来的损害，中午会特别配给颜色发黑的面包，三点还能领到使用了人造甜味剂的琼脂；去农村帮助士兵的家人干活时，尽管每家有所差别，但最不济也能得到蒸红薯，运气好时还能吃上糯米面红豆馅团子。战局越是不利，竟越有机会吃到意想不到的食物。

同学之中，有人因为有望得到特别配给面包，甚至连便当也不带，让给兄弟吃。高志是个独生子，无牵无挂，妈妈总不至于让他带杂烩粥吃，明明知道自己的午餐是妈妈节省下来的米饭，他也并没有多么歉疚。

从小学时代起，他就习惯先吃盖在上层的紫菜和甜煮海味下饭，煎鸡蛋、干烧藕、咸鲑鱼之类的菜则在午休时一小口一小口地吃。面包也不是一气填进肚子里去，而是藏在衣袋里悄悄地撕下一点，一面干活一面嚅动嘴巴。打那时起，高志便养成了习惯：若不时时吃着什么，便觉得嘴巴闲得难耐。

腹饥变得更加剧烈，是在进入昭和二十年三月之后。空袭不分昼夜，终于，十七日这天，西神户挨炸遭焚，在神户火车站前经营粗点心店的亲戚投奔到鱼崎的高志家来。

因为是首批战祸受害者，罹灾者的特别配给也格外丰富，一家五口人分到了大米八升、够吃二十餐的干面包、鲑鱼牛肉蔬菜等各类罐头、调味料，此外还有毛毯、印花布、内衣。但这些都不足以吸引高志。看惯了混有杂物的糙米，广口瓶里那纯棉般雪白的白米就格外吸引人。开粗点心店的这一家子仿佛在行使罹灾者的特权，随意将高志家待客用的被褥拽出来就用，把妈妈的和服拿出来就穿，然而吃饭时却是将小炭炉搬到院子里，只煮自己吃的。

高志的早餐是马铃薯，许是搁了些时日的缘故，其中肯定会有一两个肥头大耳的家伙，苦得让人龇牙咧嘴。近在咫尺处，却“咕嘟咕嘟”飘来米饭的香味。

“罐头起子借俺用用。”这家原先做市营巴士售票员的大女儿一副大厨的气派，接过妈妈递去的起子，“吱吱吱”打开牛肉罐头，连“来一块尝尝”之类的客气话也不肯说上一句，一家子径自和和美美地吞咽那纯棉般的白米饭。

高志这时又潸然流泪，妈妈死命压住怒火，告诫高志：“阿姨家房子烧掉了，很可怜的，你可得忍耐点。阿姨以前待你不是很好吗？你去玩的时候，她还给你做你爱吃的黄油炒洋葱。你可不能怨她们。”

尽管如此，妈妈还是觉得在孩子面前大可不必如此显摆。激愤难耐之下，晚上便取出珍藏的油炸天妇罗。没想到亲戚却毫无拘束，说："哎哟，这可是好东西呀。俺也来尝一个。你该请大伙儿一起吃呀。"说罢恬不知耻地抓起来就吃。高志愤懑至极，嚷道："这玩意儿我不要啦！"这算是最强烈的抗议了，对方却根本不吃这一套。

高志被赶去清理废墟。午饭在警察署礼堂里吃，四周装饰着死去的警察烧得发白的钢盔和烧得弯弯曲曲的军刀。这时已然没有了特别配给，只能讨点白开水，吃掺杂着萝卜干、大豆和红薯的盒饭。

夜里得防备空袭，不开伙，饭是前夜做的，由于春天温暖的天气，很快便扯出了长长的丝。妈妈宽慰他说："米饭扯丝，吃不坏肚子。"

其实妈妈的宽慰完全是多此一举，高志哪里还顾得上这些，风卷残云般一扫而光，连三点钟的琼脂也等不及。听说石屋川畔的公会堂隔天卖一次漆黑的海宝面，他也顾不得那面叉子挑不起筷子夹不住，光冒着一股子青草味儿，从充作存钱罐的糖果盒子里偷出五毛钱买了来，"吸溜吸溜"吞咽下去。传闻说，六甲山缆车下车处的茶馆卖年糕红豆汤，他居然气喘吁吁地爬了半天山道赶去，有滋有味地品尝那颜色像茶汤、一丝甜味也没有的玩意儿。爬了半天山路，才吃上这么点红豆汤，反而闹得肚子更饿得慌，可是他一心只巴望往嘴里塞进点东西，这就是他全部的理想。

长约三寸、跟钢笔杆差不多粗的甘蔗，十根要五毛钱，能嚼出一点甜味。还有从沉没的船只中打捞上来的干香蕉，一根两毛钱，这玩意儿一半已腐烂了，然而舌头拧不过肚子。他瞒过妈妈的眼睛，用勺从锅里舀出薄薄的一层饭，以为妈妈不会察觉，然而掺着麦粒和小米的饭滋味香美，难以抗拒，待回过神来，原本二人两餐的口粮已经吃去了一半。路边人家菜园里的番茄和黄瓜只有指尖长，他也偷来吃。

妈妈见高志正在长身体能吃能喝，从不责备他，见锅里的饭少了大半，便说："妈妈已经吃饱了，你全吃了吧。"自己却饿着肚子。高志明白自己偷嘴已然暴露，妈妈为了让他吃饱，竟然不进食，但他心中却毫无罪恶感。

进入五月之后，风传川西飞机制造公司的工厂将遭轰炸，据说这消息写在被击落的B-29轰炸机的飞行员随身所携的文件中。最为确凿的证据是，阪神国道上大批的卡车满载着硬铝和生橡胶块向西疾驰，那是在逃难。川西近在咫尺。

妈妈三天前就已经两手空空地只身到加古川去了，高志因为要上学，便去投奔那位住在筱原的空屋子的开粗点心店的亲戚。然而他除了修学旅行之外，从未在别人家里住过，夜里总也睡不着，便盘算妈妈在鱼崎家中地板下掩藏的干鸡蛋粉、红薯干、青梅酒、面粉，寻思着反正要挨轰炸，还不如趁现在吃掉它。

他尚未体验过轰炸的可怕，正所谓瞎子不怕蛇毒。第二天，干完强制疏散中的义务劳动，他回到自家，走下冷森森的防空洞。以前尽管偷了无数次嘴，可从未对需要加热烧熟的东西下过手，今天却肆无忌惮地用报纸和涂上硫磺的木柴引火，拿破扇子扇燃木炭，依葫芦画瓢，学着大人做面疙瘩汤、煎鸡蛋。水池下面的罐里存放着许多盐。他是不问滋味如何，但求多吃。

然而夜里毕竟十分可怖，左邻右舍的妇孺全都投靠亲友去了，家家大门紧闭，鸦雀无声。闲着无事，高志打着手电筒将衣橱、多宝格、壁橱、梳妆台翻了个遍，从走廊边三尺宽的壁橱里找出了两升米，大概是留备不时之需的。他急不可耐地拿饭盒来煮，还没等煮得熟透，便一口气将六两米饭吃了个精光。此时，他胸中充满了神仙般的满足感，口中哼着“前途茫茫浪花重重，西边夕阳东边日出”，在榻榻米上疯狂地跳起舞来。

五月十一日，一大清早便响起警报，他却毫不介意地去地处上筒井的学校上学。晨会还未及举行，轰炸就开始了。同学们来不及跳进后面操场边的防空坑道，B-29 已经将天空遮蔽得严严实实。

高志只能钻入礼堂前面的防空洞里。这里也拥挤不堪，大伙儿正打闹取笑间，接二连三的炸弹呼啸声和爆炸声撕裂了空气。此前已然习惯燃烧弹在远处咆哮，然而这一次更为恐怖，防空洞剧烈摇晃，仿佛马上就要倒塌。同学们按照平日所学，用手指塞住眼耳鼻，大大地张开嘴巴，好似泥鳅一般，拼命地低垂着脑袋向下方钻，只听顶上哗啦哗啦，泥土和石子簌簌掉落下来。待摇晃停止后，众人默然相视，没有一人开口，更别提钻出去探看外边的情形了。

“此次空袭，东神户、滩、住吉、御影、西宫一带遭受了轰炸。”军方派来军训的军官尖声喊道，“三年级的同学们，你们打算藏到什么时候啊？赶快给我钻出来！”

虽然轰炸机已经远去，可是轰轰隆隆的爆炸声依然不绝于耳。四五年级的学生都被动员去工厂义务劳动，只有在节电日才回学校上课，于是高志等人便成了“高年级学生”。大家无可奈何地爬出防空洞。只见校园里，雪松顶端用来干扰雷达探测的细长锡箔条纠缠在一起掉落下来，仿佛圣诞树上落下了白雪。

没有大轰炸之后常见的、燃烧产生的积雨云般的浓烟。首先绕学校巡视一周，查看是否落有哑弹。然后全校学生集合点名，除了一名一年级学生在防空坑道里的暗处睡熟之外，全体无恙。家住东神户的学生奉命立即放学回家，其他人按照原计划，去义务劳动。

向东再向东，卡车慌慌张张地疾驰而去，然而阪急、省线、阪神等各条铁道均不通车。

高志跟家在同一方向的同学一道回家，心中并不是特别忧虑，顺便读着沿途电线杆上贴的号外：“乖乖，扔下来的是二百五十公斤的炸弹！”

“二百五十公斤，那能炸出多大的坑来？”

“五十磅炸弹的话，俺倒是见识过。”

五十磅炸弹曾在昭和十九年年底落在了元町一丁目的点心店里，将房屋炸毁了一半，炸死了两个人。那弹片被人当作宝物般稀罕，看上去很像钓鱼用的铅坠。

沿着国道走近石屋川，能清晰地看见沿着地面蔓延的黑烟。距离河边约一个街区处，山麓和海滨一侧木材堆积成山。高志闻到一股强烈的醋味，仔细一看，原来是酒店被炸得只剩下一块招牌。唯有一处喷吐着熊熊烈焰，那是薪柴店中的木炭着了火。似乎炸弹将房屋炸得像积木般四下飞散，导致火势的蔓延也十分缓慢，并未殃及四周。

“快瞧快瞧，那是啥玩意儿？”

其实不说也明白，那是人的尸骸。一位大叔倒在血泊之中，内脏杂乱地流了出来。他还牵着一个小孩的手，那小孩紧紧地攥着个布娃娃，浑身倒看不见任何伤痕。并排还躺着位大娘。继续向前走去，远山近海一侧遍地是木材，仔细看去，歪歪扭扭的，有的依稀可见房屋的形状，然而房顶、屋檐、柱子、门还依然完整的几乎没有。处处响起狂怒的声音，喷涌出烈焰。

见有只鞋子胡乱扔在地上，高志抬脚便踢，感觉沉甸甸的，说明里面塞有东西。道路上一片黑乎乎的血痕，仿佛是用巨大的毛刷刷成，也不知道是什么人拿着什么，又是怎么刷出来的。汉子呆然伫立在道旁，老妪蹲在国道边的林荫树下，老人筋疲力尽，不停念叨着“完啦，全都完啦”。唯有孩子神气十足，从木材中拖出一件红色的棉衣来。还有人似乎仅仅将教科书抢救了出来，在路边摊满一地。有一处拉起了绳子，原来是哑弹掉进了水井里，禁止入内。某街区内，警防团挥舞着铁锹挖掘被埋在废墟下的人。不论走到哪里，都是满目疮痍，同燃烧弹落下后的情形迥异。

“看来挨炸了。”高志轻松地说。可那两个同学，一个家里开药房，一个家在国道边上开烟草店，两人家里都有未及避难的亲人，越向前走，表情越沉痛，唯独高志却在心里盘算：“挨炸受灾的话，就能领到特别配给的米，还有干面包呢。”

那样的话，就去那开粗点心店的亲戚家里卖弄显摆一番如何？两天前住在他们家时，吃的是杂烩粥，里面全是青菜叶。俺就在他们摆着杂烩粥的餐桌边，大吃特吃纯棉般的雪白饭团，爱吃多少就吃多少！

他顾不上理会自家房子是否惨遭炸毁，更关心能得到什么食物。鱼崎一带，平均两个街区才摊上一颗炸弹，高志家的房子也微微有些倾斜，厕所的小便器和厨房的水池已脱落开裂，玻璃自然也都破碎了，家里堆满了不知打哪儿来的尘土，除此之外并无损害。

一颗本来是瞄准飞机工厂的一吨炸弹偏离了目标，竟然落到了此地。那个倒霉的街区一角，约莫有五十米见方消失得无影无踪，中央出现一个直径二十米的巨坑，积满了地下水。供电供水均已断绝。

妈妈很快回家了。父亲住在加古川的朋友是个医生，已经入伍，全家都撤到他妻子的娘家去了。医生太太还劝妈妈也一起去，说至少应该将棉被衣物之类先疏散了。

高志娘儿俩既无资材也无人手修葺鱼崎的房子，漏雨自不待说，甚至连关门开门，仅凭一个妇道人家的力气都无法做到。运费五百元外加酒钱一百元，雇了辆马车，他们花了两天时间，将家具什物运到了加古川。衣橱里妈妈的和服与爸爸的西服被偷了近三分之一，他们却不能有半句怨言。高志也搬去加古川住，每天花一个半小时来神户上学。

加古川是乡下，河堤上排列着五六架飞机。不过手电筒的电池、照相机的胶卷都有卖。一河之隔的对岸，就是真正的农村，妈妈三天两头去采购粮食，也不知道是通过什么门路，一日三餐居然都能吃上白米饭。

住在分给他们娘儿俩的土仓之中，妈妈大约觉得与其忧虑明天，不如过一日算一日，对高志接连不断的偷嘴也不再啰唆。

不久，神户遭到了第二次轰炸，高志和同学事不关己地隔岸观火，悠然遥望着高射机关炮发射时的硝烟、积雨云般的烈焰升腾的情形。这次，鱼崎的家惨遭焚毁，未及搬走的家产被悉数烧光。由于已迁居别处，故而领不到罹灾证明。但反正是租来的房子，反倒觉得无牵无挂，解脱了。

学校也被炸毁，既不上课也不再有义务劳动。高志每天来到加古川的河滩上，随意躺在草丛之中。

美军的舰载机偶尔会飞来，然而不知道他们是真的被伪装网骗过，还是根本不以为意，河堤上那几架又短又肥、体型难看的飞机硬是没被碰过。

对于八月十五日这个日子，高志并没有多少感慨。不过，战败首先体现在对父亲评价的改变。虽然父亲友人的妻子不置一词，可是她娘家的人却冷嘲热讽："俺家姑爷也全无音讯。要是俺姑娘就这么带着俩孩子，赖在娘家不走该怎么办？俺家里可都是老年人，没有劳动力，那不得坐吃山空吗？"

他们又指责那些因房屋挨炸无处栖身、聚居于附近一带的人们厚颜无耻，抱怨逃难者导致黑市物价上涨，还毁坏地里的庄稼，要是政府不管，此地的居民可就得遭殃了。分明是一唱一和、指桑骂槐。

“让那些逃难来的人滚回去，哼！”他们一边发着牢骚，一边恶狠狠地盯着高志娘。这种闲言碎语姑且可以当作耳边风，可农家的态度也骤然大变。的确，城里逃难来的罹灾者不问青红皂白大肆抢购，导致农人连烂芋头之类都奇货可居，惜售不卖了。如此一来，当局便认为本县农村居多，农人们能够自给自足，于是配给立即误期，高志这些人的生活水平马上下降，开始吃掺杂糠麸的面疙瘩汤。连小火炉烧的木片也稀缺起来，只得去加古川边捡拾漂流木。

“咱们去投奔守口的叔叔吧。”

灯火管制已经解除，土仓里的电灯却原本就昏暗。高志虽然没有流泪，可一旦品尝过吃饱喝足的滋味，饥肠辘辘的煎熬就更为强烈，无时无刻不彻入骨髓。听见妈妈这么说，他便觉得换个地方的话，也许有指望填饱肚皮，一心想去，便问道：“守口在什么地方？”

“那还是战争之前的事了，听说那时守口出过一桩杀人案，妈妈也弄不清楚。”妈妈连眉毛也不描了，面色显得十分衰老，似乎毫无把握。

“不要紧的。有俺在呢。”高志兴高采烈地说道。

“那好，明天妈妈去打听打听，你负责收拾行李。”

山阳线列车里坐满了复员军人，挤得严严实实，有一次高志差点被挤下车去。他夸大其词地将此事告诉了妈妈。妈妈担忧不已，说反正中学在整修废墟，暂时就别去上学了。

不管走哪条路去大阪，都有两天行程。高志心想，收拾行李时没准还能找到点食物。清晨早早将妈妈送走后，他便开始翻箱倒柜，行李箱、棉被、衣箱、茶箱全都翻了个遍。银行的存折股票，还有父亲秘藏的挂轴都翻了出来，可一丁点食物也没发现，反而累得精疲力竭。

想到反正要收拾行李，索性趁机将这净是废铜烂铁的土仓翻个底朝天，兴许能找出点什么，找到的话就偷走！然而找到的却是木像和蓑笠，还有好像是女孩子们看的整整一苹果箱旧杂志。高志拾起其中的《家庭医学宝典》，看到“子宫”“输卵管”之类字眼，一阵慌乱。有一本字帖，用大大的字写着“皇家童谣集”。翻开来，见是“金秋夜空雁南翔，王孙御殿长相望”，是一首歌谣。

少管所分所的早晨，是从“坦克”那一声高亢的“起床”开始。不用说，众人晚上早早就听命就寝，倘若不小心抬起上半身，被教官从阎王孔发现了，立马会被打翻在地。无奈只得在铺了薄薄一层毛毯的木地板上，强忍住骨头疼躺着不动。听到起床令，众人便一骨碌跳起来。

只听一声号令：“把便器搬出来！”便见两个新关进来的家伙紧紧抱住约莫四成满的粪桶，端起来站在门前，其余的人排成四列纵队。

教官先从阎王孔探视一番，确认没有异常情形，再打开门。“赶快行动！”搬运粪桶的二人啪嗒啪嗒飞奔而出。差不多同时，走廊两侧二十个一模一样的房间里分别奔出两个人来，狂奔到走廊尽头，猛地将粪便倒进倒粪口，然后再一溜烟跑回来。

唯独此时，少年们才表现出与年龄相符的生气。待到点名完毕，便又一齐慢吞吞地靠着墙坐下来，等待着不知何故延迟的早餐。

“叮叮当当”，“咣啷咣啷”，餐具的碰撞声由远而近。负责分饭的就是入狱当晚分饭的那个少年，他随从一样跟在两个教官后面，逐一给每个房间分饭。

从第二天起便不再是杂烩粥了，而是八分稗子二分麦子，小茶碗里浅浅地盛上一盏，外加一碗汤。每周供应一片被称作“阴沟盖子”的煮海带。新关进来的家伙，按规矩首先得将一半饭进贡给樱井，樱井也不多要求。

樱井曾经十分了得，出入过天六地区，砍过很多外国侨民的背，结果势头过猛，顺带劈了自家的腿一刀，以致还拖着一条跛腿。然而毕竟吃饭性命攸关，就连年纪最小的小鬼头也不甘心把命根子一般的米饭给别人，若做得过分，谁知道何时会在睡梦中丢了脑袋！实际上，只需有人向教官密告，立马便会关禁闭。碰上天气好倒也罢了，倘使在冬天被剥光了衣服扔进去，大都会染上肺病一命呜呼——这也是传说。

早饭后，便是劳动。众人将细细的铁丝穿进托运行李用的标签上的小孔，再将每十张汇拢成一组。

高志分明是十六岁，却谎报年龄，少说一岁。这是为了避免刺激樱井。樱井见高志与自己年纪相仿，便想方设法让他屈服。然而若诉诸膂力，教官又恐怖难敌，于是便问：“小子，你玩过女人吗？”“处女那玩意儿，你手指头伸进去过吗？”开始跟他比试女人方面的经验，以确认自己的优越。高志打算逢迎他，想起中学同学中的花花公子曾经说起过那儿可以插进两根指头，便照此说出来。“这头蠢货。处女嘛，连一根指头都难插进去。插进去两根，绝对不是处女啦！”樱井似乎安下心来，说道，接着便自吹自擂起来：如何到松岛、飞田去玩；大哥如何劝他找个女人；大哥是轻量级拳击选手，如何跟一个名叫白鸟的凶悍无比的对手比赛，最终反败为胜将对方击倒；自己如何跟这位大哥学习拳击；如何先用左拳攻击对方脸部，趁对方一心防守脸部之机，再用右拳击中他的腹部……示威似的喋喋不休，显示自己才是这里的头儿。

继高志之后，陆陆续续有新人进来，每一次他都要重复同样的故事。虽然没有一个人表示异议，然而在这长九尺宽十一尺的牢笼之内，无论樱井如何虚张声势也毫无用处，老大还是入狱已有一年半的今市，他的一言一行支配着众人，甚至连教官见他躺着不动，也都睁一只眼闭一只眼。

樱井出恭的时候，神经质地用席子遮住屁股。

“俺拉屎可有点臭，各位担待点！”他故意说得十分豪放，可谁都知道他是在掩饰，其实他害羞到了极点。

与之相比，今市毫不遮遮掩掩，流水似的大便每日要拉上两三次，每次都撅起屁股让众人瞧。

“看得见屁眼吗？看得见的话，马上就要死喽。”他整个屁股上都是湿疹，已经糜烂，似乎有线条状的东西攀缘缠绕，的确颇为怪异，不过无人说出口来。

枚方少管所相当于关押未裁决犯人的监狱，是个中转站，先将少年收容于此，为其选定与罪状相合之处，再送过去。然而反省院也好，其他的少管所也罢，都强调人满为患，不肯接收，于是此地的收容人员越积越多。所增加人员的伙食每月申请一次，其间如果数量有变，则平均口粮势必减少。据今市说，他刚来的时候，每个房间只有两三个人，饭多得吃不完。

“不过嘛，人多了热闹啊，挺好的。”每当迎来新人时，樱井便要抱怨饭量又得减少，今市便会如此居间调停。

今市营养失调极严重，樱井腿负刀伤，小鬼头则身患淋病和梅毒——他两岁时便遭街娼戏弄，染上了此病。

他捏着小小的鸡鸡，将脓挤出来。“好疼呀，好疼呀。”小鬼头常常声音软弱，哭哭啼啼。

樱井摆出一副老于世故的架势，捉弄他说：“喏，小鸡鸡要掉啦。”

“谁要你管！”小鬼头气势汹汹地反抗道，面对着墙壁爱怜地护着自己。

高志患有荨麻疹，每天绞痛总要造访一次，痛得他身体屈成一团，然后全身便会生出红色斑点。这病是从去年秋天开始发作的。

会用穿行李标签的细铁丝巧妙地制作草鞋和自行车的，是“汽油”，他在大阪南区的麻将馆里偷别人的鞋子，被逮了个正着，他得的是鼻窦炎。高个子头上生了白癣。一帮家伙个个疾病缠身。

如果完不成一千束行李标签，饭就要往后拖，直到做完才能吃饭。倘若直到熄灯仍未做完，那么这一天就得饿肚子了。因此众人玩命似的，只顾穿铁丝。由于太单调，高志无意中低声嘟囔：“金秋夜空雁南翔，王孙御殿长相望。”

比高志早进来几天、与他年纪相仿、平素沉默寡言的少年也念道：“砂糖色白味甜美，入口即融化作水。”

这确实也是那本《皇家童谣集》中的句子。高志一惊，因为其他少年最多小学毕业，而高志好歹上了四年中学。知道《皇家童谣集》并非有什么大不了的，却令人备感亲切。

“你干了什么被逮进来的？”

照规矩，新进来的得向老囚徒报告自己在外边犯下的罪状，而老囚徒除非是为恫吓新人，一般绝口不提自己被捉进来的理由，新人问及时也置若罔闻。然而高志问起时，他却爽快地答道：“俺把南区宾馆里的啤酒偷偷拿到黑市上去卖。”

原来他在美军专用的宾馆里当侍应，因为听信调酒师的教唆，将啤酒偷出去卖，半年未曾暴露，后来却被同伙告了密。

“俺爹是个赛马狂，家里有整整一柜子没中的马票。”

“你爹要是在的话，让他来接你出去不就得了。”

“喝甲醇喝死啦。俺娘还在工作。她肯定觉得这下好了，总算帮她拔掉了眼中钉。”

收容进来的少年与日俱增，如果仅仅是小偷小摸、顺手牵羊的话，只需保护人前来领人，就可以获释出狱。什么辅导、感化，这里基本上从未考虑过。

十八号的在押者中，轻罪者较为集中，所以比较和善的那位教官“娘们”每次看见他们，便说：“怎么样，有没有什么远亲啊？只要他们来接，就放你们出去。”

“当心点！要较真格的话，干活时不许聊天！”

见高志和戴深度近视眼镜、被人叫“阿辰”的少年谈得投机，樱井便从中挑拨。

高志一闭上嘴，就自然而然地反刍起来。他一面将铁丝穿进白纸上的小孔，一面频频嚅动双颊。

“那是什么？你小子在吃什么东西？”

一听见“吃”字，满座人个个浑身一颤，盯着高志。

“俺并没吃什么。”

“甭骗老子！老子亲眼见你嚼得有滋有味的。”

话虽如此说，可樱井也心中有数：一日三餐高志都吃得颗粒不剩，如果他刚刚进来两三天倒也罢了，收容时日这样长，也没见有东西送进来。樱井百思不解，于是使出拿手招数，仰头盯着高志的脸。

高志不禁森然生畏，手指着自己的喉结，说：“俺吃下去的东西，还会回到这儿来。”

“回到这儿来？这是怎么回事？”樱井紧追不舍。

高志便实验给他看，将早已化作了黏糊的稗子和小麦送上舌尖，张开嘴巴。樱井仔细观察一番。

“这小子真恶心！”说着，他皱起了眉头，可其他人都对这再三玩味的口唇之乐心知肚明。

“这是怎样养成的？”小鬼头用手按着肚皮问道。

虽然别人来请教，可这却不同于高个子扇动耳朵、樱井让肩骨噼啪作响，并没有什么特别的诀窍。高志只是一听见那探戈舞曲《假面舞会》，胃里的东西便会自动涌上口中。

“这个嘛，肚子这么一使劲，呼的一下。”

高志入狱以来头一次感到有面子，十分得意，一次又一次地演示反刍。

“你们知不知道《假面舞会》这首探戈舞曲？俺是听了那个歌，才变成这样子的。”明明知道那跟反刍并无因果关系，高志却故弄玄虚地说。

阿辰不愧做过侍应生，精彩地将这首舞曲哼唱了出来。樱井、小鬼头、高个子如闻魔咒，注视着阿辰的嘴巴。阿辰来了兴致，仿佛乐团指挥一般，舞动双手兴致勃勃地击打拍子：“嗒啦啦、啦啦、嗒啦啦、嗒啦啦啦、啦啦，嗒啦啦、嗒、嗒、嗒。”

高志想起了拉手风琴的男同学那雪白纤细的手指、黑市暴发户儿子那崭新的金纽扣学生装、牛皮信封里装的不多的黄豆。每过一天田里就会灌满水，像镜子一样闪着白光，眺望着它，青草气味似乎也沁入辘辘饥肠。

嘣嚓嚓嚓嚓。

战败那年的九月中旬，高志母子俩去投奔在守口经营旧书店的叔父，在他家附近租了套小房子。两间屋子，分别为六叠和三叠，从前是工棚的管理处。高志从这里去神户的中学上学，单程得花近两个小时，于是转学到了京阪线沿线的中学。妈妈由叔父介绍，起先在附近的袜子厂上班，但这家工厂很快就破产了，后来去松下电器干电池厂的宿舍做管理员。

这一年，附近的千林忽然出现了黑市，也不知道东西是从哪儿弄来的。战争期间做梦都见不到的巧克力、砂糖、口香糖、牛肉，还有大米、面粉、乌冬面、挂面，价格虽然很贵，但只要有钱，要多少有多少。

于是，一日三餐的习惯和白米饭重新登场。这年正月，菜肴跟昭和十五年一样，有栗子金团、鱼糕、煎鸡蛋、沙丁鱼干、红烧时蔬、酱芜菁片。煮了五升糯米，借了叔父家的石臼，由高志动手捣了年糕。虽然没有屠苏酒，但和父亲在世时，这位叔父和那家开粗点心店的亲戚正月里来拜年那热热闹闹的聚餐没有两样。

冬日天气晴好时、妈妈将疏散时随身带出来的和服挂在路边晾衣竿上晒，附近的大娘大婶们看见那些华丽的花团锦簇的外出服、留袖和服、友禅和服、西阵织和服，个个目瞪口呆，交口称赞："这玩意儿要是卖给占领军，那可赚大了。"

虽说妈妈只是宿舍管理员，但日子过得风风光光，不容许任何人在背后指指戳戳。街坊举行祭礼与庆典时，她的捐款也多于常人。

开年以后，二月里发行新币，冻结旧币。宿舍管理员领取的工资是二百二十元，每户每月允许提取的银行存款最多五百元。黑市上不足巴掌大的奶油面包一个十元，切得薄薄的烤红薯三片十元。只要配给不误期，本来是能填饱肚皮的。

守口也同加古川一样，地处城乡结合处。近在咫尺的旭区每个月有十三天的大米配给，其余的日子就是面粉和玉米；而隔了一条街的守口町，每月只有七天配给大米，剩下的就是大豆粉、玉米，以及美军发放的无法果腹的杏仁和奶酪。

每日饥肠辘辘。北河内有很多莲花池，摘水芹采马齿苋，在分配的两坪地里种上萝卜、莴笋、广岛白菜，自己养鸡下蛋。然而这些却不足以代替主食。

宿舍里有人生病，妈妈得住在宿舍里照料，就剩高志一人待在家里。任凭他如何四下寻觅，厨房里也只剩下酱油、岩盐、黄豆和玉米粉。

高志在小火炉上架起锅子，烧开了水，将玉米粉用水调匀，紧紧地攥成团，然而由于没有黏性，眼见散开了，溶在水中，结果变成了黏糊糊的粥。任他怎么加酱油调味，还是难吃得要死。

妈妈的工厂每周两次发放特别配给——满满一饭盒米饭。高志天天盼望着。那白米饭简直如同花式蛋糕一般灿烂辉煌，不用萝卜干，也不必撒盐，含入口中又甜又软。世上居然还有如此的美味！他感慨良深。可就从这时起，他得了饥饿恐惧症。饭盒中有将近两合的米饭，他不曾分给守望在身边的妈妈一颗饭粒，一口气吃得精光，空腹理当已经填满，然而刚放下筷子，他便立即感觉到跟未吃时几乎相同的饥饿。

到了夜里，千林车站前广场的黑市关门了，可是替顾客将带来的面粉烘烤成面包的店铺却灯火通明。面包师傅拿着毛刷，往刚刚从烤炉中取出来的旋涡状面包上涂抹蛋清，然后再送入烤炉里，再出来时，面包油光锃亮，发出茶褐色的光泽。

趁着有电开张营业的碾米作坊，直到深夜，机器还在吐出农家送来加工的米，如同库容丰富的水库大坝在放水。

到了三年级第三学期，高志该着手做升学的准备了。一天，应同学之邀到那人家里做功课。同学双亲俱全，尽管贫困，家里却充满了团圆气氛。与之相比，妈妈为了增加点收入，熬夜干活，高志彻夜学习，却连口白开水也喝不上。

左思右想，见 DDT 同样是白色粉末，而且听说对人畜无害，高志寻思这玩意儿能不能吃。他将街道分配的 DDT 拌进玉米粉里，可只有一股石灰气味，根本没有任何黏性。

高志身穿父亲的法兰绒裤子和士兵服，服装倒比一般人要好，但是到了初夏却没有白衬衣。守口车站前，铺块席子就开张的木屐摊、洋伞摊、旧书摊、旧衣摊比邻连绵。见旧衣摊上玻璃纸包装的便宜衬衣标价五十块，十五岁的高志多少介意起女学生的目光，明知买不起，却恋恋不舍地徘徊不去。

四十五六的大叔见此情形，便说道："便宜啦便宜啦！以物换物也非常欢迎。"

"以物换物，拿什么东西来换呢？"

高志偶尔去百货大楼。那儿专门为持有外餐券[①]者服务的大食堂旁边，就是以物换物的所在，岩波新书《万叶秀歌》换两盒"美野里"点心，美能达照相机换这个月刚刚上市的"和平"香烟十盒。男女平等了，妈妈也分到了烟丝，便送给了叔父，这样母

①1947 年 7 月，为了应对粮食危机，日本政府发布命令，除外餐券食堂以外的几十万家餐饮店全部停业。社区根据各家人数，偶尔发放外餐券，凭券才能进大食堂就餐。

子俩就可以去澡堂洗澡了。

衬衣用什么交换好呢？手头有英日辞典、代数之类的参考书，此外便想不出什么了。

“如果有女人的长和服内衣、和服衬领、长腰带之类，那最好不过啦。要颜色鲜艳的。”

高志猛地想起了妈妈高高挂在晾衣竿上的和服，赶忙飞跑回家，从茶箱里取出用包装纸包得整整齐齐的和服，当然，尽可能从底下抽，然后匆匆赶到车站。天一黑就得收摊，那位大叔正在收拾货品，用一块净是补丁的包袱皮将货物包起来。

高志伸手将衣物递过去，问：“这件怎么样？不管怎样，俺得弄件衬衣才行。”

大叔手头摊开的和服，花纹的确很眼熟，可是对衣料之类，高志却一无所知。

“这个要是能再鲜艳点就好了。”沉思一番之后，大叔报出价格：一百八十块。买下了衬衣，还剩一百三十块。

高志欣喜雀跃，冲进咖啡馆，一连吞下五块使用了人造增甜剂、雕出松叶花纹的新鲜点心，一块得花十元。吃完后，他聚精会神地阅读《大阪新闻》上的漫画《阁楼阿三》。

“这个是学校配给的，三块五毛钱。”高志把衬衣拿回家，欺瞒妈妈。

妈妈一大早就去上班，一直要干到晚上七八点钟，高志趁此之便偷取衣物。没过多久，他又开始动爸爸的衣服。

一套春秋穿的西服，记得是昭和十六年花六十块钱买来的，在千林的市场上卖到了三百八十块，大衣二百五十块，丝质假领衬衣四十块。妈妈的和服尽量拣鲜艳的，一是图能卖个好价钱，另一方面也在心中辩解："这么鲜艳的衣服，反正妈妈也没法穿。"高志一边这样想一边往旧衣贩子那里搬。

遇上雨天歇业，他甚至径直送到城东公园边上的旧衣贩子家里去。夜间太晚，还被警察盘问过，幸好那天高志将辞典也一道包在了里面，便撒了个显而易见的谎："是俺娘叫俺送去的。"居然顺利蒙混过关。旧衣贩子见他隔三差五来卖衣服，一心以为是败家子，杀价越来越狠。

母亲仍然穿着战时的扎脚裤，工厂宿舍星期天也不休息，所以从来不曾点检衣物，于是夏天就这么过去，和服已然只剩下三分之一。高志接下去变卖的便是挂轴。拿到旧货店里去，人家却说："我还当是什么呢，是谷文晁[①]吗？这玩意儿可不成。"店主一口咬定是假货，结果，在鱼崎家中的客厅里挂了多年的古董只卖了三十五块钱。玛瑙的鲤鱼摆件因为在疏散途中敲断了尾巴，卖了二十元。细瓷达摩大师八十块。

如此他仍然不满足，看见淀川河堤旁边挂着"冻结存款兑换现金"的招牌，便将藏在厨房橱子里铺着的报纸下面的定期存折拿了去，七折兑换，两张五百块的存折换了七百块钱。高志还跑到北滨的证券公司去出售股票，结果人家根本不予理睬。

这些钱全都拿来买东西吃了。拜舞曲《假面舞会》所赐，反

---

① 谷文晁（1763－1841），日本江户时代后期的画家。

刍时，不知道是因为消化太快，还是口中始终有东西而受刺激，饥饿感越发强烈。奶油面包、玄米面包、红薯、红豆糕团、羊羹、红豆汤、咖喱饭、面疙瘩汤、炸猪排、炖肉、饭团统统吃过。

普普通通的大杂院中的一间房，在门口放上几只小马扎，摇身一变就成了红薯店。临街的人家则全家总动员，磨麦子的磨麦子，拌发酵粉的拌发酵粉，盖上抹布发上一夜，再将木盒子的两端安上金属板充当电极，就算开起了面包店。

高志只要一发现，必定穿门而入，试吃新产品。跟朋友一道，将森小路、千林、土居、泷井、守口五个车站附近的食品店尝了个遍。当然，一道进去的话必定是高志请客。仅仅看可以自由动用的钱款，高志的腰包之鼓甚至远远超过了黑市暴发户。他开始抽香烟，还买三角形的速开彩票，并非图中彩，而是三张空彩票可以换十根香烟。

不知是为了掩饰身为转校生的自卑感，还是为了隐瞒贫贱的本性，高志率领一帮为贪吃诱惑的喽啰，炎炎盛夏里去滨寺、琵琶湖。因为一切都花费在吃上了，所以身穿未曾见过的东西而被妈妈发觉的危险也就很小。

然而到了秋天，妈妈也不再穿扎脚裤了，打算拿爸爸的西装翻新改做衣服。虽然一向置之不问，但衣箱毕竟是女人的命，妈妈立刻发觉有异。她班也不去上了，血红着眼睛，寻觅着早已踪影俱无的和服。

“这有什么关系。等我以后工作挣钱了，给你买好了。”高志见妈妈仿佛变了个人，面孔抽搐，不由得十分害怕。

妈妈在高志面前假装平静，只是乒乒乓乓粗暴地开箱子关箱子，但终于像个小姑娘似的尖声惊叫：“没啦！全都不见啦！”妈妈哭出声来，旋即又安静下来，冲出门外，再奔入门内。

大约是风言风语传了出去，门口聚集了许多人，叔父也来了。

“得赶快报告警察！”

“不不，警察哪里靠得住。一准是附近手脚不干净的家伙干的！”其中一个邻居说道。他暗指附近一个将女儿卖到京都做艺伎，自己却悠闲度日，还常干些偷鸡摸狗勾当的惯犯。

“我知道生驹有个算卦的，能算出来丢失的东西在什么地方。去找他算算看，怎么样？”蠢木匠的女人也瞎出主意。

妈妈只管一个劲地道谢，也不管是谢谁。她并未立即做出决断，而是呆坐在六叠的房间里。

“高儿呀，这可怎么办啊？妈妈的和服全都没了。还都是最好的东西啊。”妈妈的泪水潸潸落下。

“你就当被炸毁，被烧掉得了。”

“这个贼对咱家好像很熟。”

一句试图将嫌疑引向别处的话差点脱口而出，然而这话未免太假惺惺，高志实在难以说出口。

“明天一大早你还得上学，先睡吧。”

高志松了口气，躺下去。他精疲力竭，在被窝里偷偷地嘟哝道：“妈妈，是我偷的。偷的人是我。”可怎么也说不出口来。

半夜里偶然醒过来，听见叔父在外间和妈妈说话。

“我认识守口的巡查部长，就找他商量了。他说这贼绝不会是外人。如果是从大路上进来，肯定会全部偷走。可是一次要把六十四件和服都运走，是不可能的。”

“这么说，还是高志干的了？”妈妈带着哭腔说道。

高志猛地感觉到腹部针扎似的痛，身体蜷曲得像只虾，好歹忍住没发出呻吟声，可这下又感觉全身火辣辣地发热，痒不可耐。

荨麻疹发作了。

妈妈终究一句话没说，只是将箱子用细麻绳紧紧地捆好，还是像从前一样，去工厂宿舍上班。高志好了伤疤忘了痛，被腹饥困扰，又无法自制。箱子仅仅是加上了一把锁而已，他将后面合叶的轴抽下来，就从那一丝缝隙里，把妈妈的和服腰带、罩衫、衣料等抽出来，塞进书包里，在近邻妇女老人的众目睽睽之下运到黑市去，照例卖了，买东西大快朵颐。

星期天，趁着妈妈在菜园里忙活，高志用剃刀割破衣箱一角，胡乱往外掏。正往上衣底下塞，忽听一个声音说：“高儿，你……”妈妈气得说不出话来，顺手拿起手边的扫帚，就打高志的手腕。

“早就知道是你干的！”她站在那儿，哭了起来。

妈妈虽然只有四十二岁，看上去却近五十岁了，像个怨妇似的，一声又一声责骂不休，扫帚越举越高，碰着墙壁橱柜也不管不顾，乒乒乓乓一阵乱打。高志根本顾不上疼痛，见自己抱着的是爸爸那西服三件套中的背心，上装和长裤早已被自己卖掉了，便寻思着：就这也能卖个二三十块钱，可以买奶油面包吃了。他不禁大咽口水。

这天夜里，妈妈胃痉挛发作，高志喊来医生，打了止痛剂后，病情安定下来。妈妈坐在被褥上，鬓发凌乱，却姿势端正。

“都是妈妈不好。你把那箱子上的绳子全解开吧，随你怎么办。”

高志一听此言，再也忍不住了，抽泣着说道：“妈妈，对不起。”

说完，他号啕大哭。

然而过了两三天，他又在意起妈妈自己解开的箱子，先是哆哆嗦嗦拿了五个一套的坐垫套子去卖，接着又对爸爸的和服单衣下手。之后到底觉得不好意思回家，招呼也不打，就在同学家里住了一宿。第二天一大早回去，见妈妈将小火炉拿到初冬的路边，正在生火，在淡紫色的烟雾中，她不时将两只手交互插进怀里，怕是皴裂了。见高志磨磨蹭蹭地凑近，妈妈若无其事地说道：“回来啦。早饭一会儿就好。”

元旦这天，工厂有个突发盲肠炎的病人，妈妈匆忙吃完没有一片年糕、以面疙瘩汤充数的“年糕汤”，便赶到医院去了。高志来到叔父家里一看，只有念小学二年级的小女儿看家，墙上挂着叔父的衣服。他伸手一探，发现里面有一叠十元现钞，便凭感觉抽了五六张，谁知竟是十张。拿这钱去千林吃了寿司卷，还看了场电影。

除了偷农人的庄稼，偷窃别人的金钱，这是破天荒第一次。

尝到甜头之后，高志便趁附近的妇女们外出领取配给品之机，钻进厨房里，双手抓起锅中的米饭，大口吞咽；在同学家里将人家姐姐妹妹的漂亮衣裳塞在自己上衣底下；在书店里偷书，在水果店里偷水果。偷窃的快感沁入骨髓。

家里连可以拿来换钱的一双袜子、一块包袱皮也没有了。生活全靠妈妈做宿舍管理员那点工资和所剩无几的银行存款，另加上配给。因为特别配给的便当照例全部让高志吃，自打胃痉挛发作以来，妈妈日渐衰老。

四月初，妈妈大量吐血，由于宿舍管理员不算正式员工，不能进公司医院住院治疗，在家中静养是唯一的指望。高志望着妈妈憔悴的脸，暗忖：家里只有黄豆高粱，哪怕还剩下一副和服衬领，也能换点钱，让妈妈吃上白米粥。

可到了这个地步，连行窃的目标都找不到一个。马上就是夏天了，去年在黑市花八十块钱买的学生装卖了三十块，此时黑市米一升将近两百块，高志好不容易再三央求，请剃头师傅的老婆给自己匀了一合多大米。不知道是被小火炉的烟火熏的，还是对自己被饿鬼缠身而做出的不孝行为感到悔恨，高志泪水涟涟，煮好粥，端到了妈妈焦干的嘴边。然而妈妈却连米汤都没有力气咽下去了。

高志下定决心要将剩下的米粥留到第二天，可只要那粥在眼前，便忍不住要伸出手去。顷刻间他便风卷残云吃个精光，一面反刍，一面彻夜看护。

到了黎明时分，妈妈咽下了最后一口气。

埋葬妈妈之后不久，那个春天，守口町升级为市，工棚的主人盘算着要开发土地，强逼高志搬出去。高志走投无路，把仅有的一点身边杂物塞进帆布包里，借叔父的厨房用具和橱柜之类都撇下，乖乖地离开了守口，搬到神户的将军街，去拜访由粗点心店老板升格成面包房主人的亲戚，打工帮忙。

虽说是近水楼台，可因为是客户的配给面粉，做生意信誉第一，偷吃则严惩不贷。高志被赶走了。幸好马上就要到夏天了，他便在烧毁的废楼和学校里露宿，出没于三宫的黑市，帮人家搬运货物，得点好处。

黑市在七月三十一日这天关闭。高志苦于无处安身，只得重返守口，在叔父家中借宿一夜。叔父一家人睡在二楼，高志一个人在楼下。不知不觉习性使然，他打开壁橱一看，里面是妈妈那熟悉的衣箱。他掀开箱盖子，看见了礼服，便拽出来，趁黑溜了出去。正寻思着卖掉它到东京去，却撞上了警察，被带到了派出所。

人赃俱在，证据确凿，高志无从辩解。可真名真姓无论如何也不能说出来，还好配给账本放在了面包房里，没带出来。他将布票塞进嘴巴里，嚼也不嚼便吞咽了下去，在被押往守口警署途中，一再反刍那纸浆。然而叔父很快就报了警，礼服上又绣有名字，身份遂告暴露。

叔父冷冰冰地作证说，他是劣迹累累的惯犯，于是高志便被送进了枚方少管所分所。

十月中旬，各个囚室举行智力竞赛。樱井断言说：“这是要测试谁有本事越狱。谁要是表现出脑子好使，肯定就被送进深山里的监狱去。”

高志却想跟阿辰一决雌雄，拼命地答题，结果竟得了第一，第二就是阿辰。两人的学历也大体相同，以此为契机，两人更加要好。

不久之后，今市因衰弱死去，樱井因为更重的罪暴露出来，被送回拘留所。预感到冬天悄然逼近，小鬼头将今市那满是污垢的军衬衣剥了下来，藏在毛毯里。樱井离开时，仗义地说："谢谢各位长期照顾。多多保重！"他留下了一条毛巾，这成了入狱时间之长仅次于今市的少年的财产。

继而是小鬼头的淋病和梅毒。教官们似乎设身处地感受到了他的苦痛，罕见地决定送他去住院治疗。小鬼头不知是如何想的，竟认定是要割掉，于是又哭又喊。

大概是随着秋意渐浓，更加思念亲人的缘故，企图越狱的人层出不穷，但一个个都被毫不留情地关入禁闭室。只要将耳朵贴在板壁上，就可以从木板的裂纹里听见彻夜哭喊的声音。

减少了三个人，而新来的又没有分配到十八号囚室，米饭的量虽未增加，然而众人都学会了高志传授的反刍，一面嚅动嘴巴一面勤快地干活。但众人都明显地变得衰弱，每月一次的洗澡，尽管不过是蜻蜓点水般泡上十秒钟，可从浴缸里爬出来时却有三分之一贫血摔倒。高志不久也加入了这个行列，虽然屁股上的肉还可以用手指头揪住，但是猛然站起身时，便会剧烈地心悸。分明消化极佳，却还拉稀不止。

"这是什么玩意儿？"一个人诧异地叫道。

仔细望去，是长约一厘米、形似线头的虫子，正在地板接缝处和墙壁上一屈一伸地蠕动。

“这不是蛆吗？”

若是蛆的话，大概是出自便桶，众人探头一看，里面却没有。众人一道找寻，然而还得当心那阎王孔，只能半弯着腰四下扫视。寻踪溯源，发现是死掉的今市的夹克，应该是因为沾满粪便，苍蝇在上面产了卵。

蛆虫虽然躯体纤弱，却勤奋地蠕动不息，也不知道是要奔向何方。起初他们还在想这是否今市的化身，不禁毛骨悚然，但很快就觉得弄死它未免可惜。

“这小东西究竟在思考什么呢？”阿辰说道。

“是啊。喏，莫不是在想赶快长出翅膀来，好飞到天上去！”

“咱们把它养起来吧！反正有的是饲料。”

“养了干什么呢？”

众人用标签纸做了个小盒子，把蛆放了进去。说到蛆虫饲料，非粪便莫属，每天早晨趁着新鲜，扔些进去就得了。阿辰立即去办。

一个少年见两条偶然并头朝着同一方向爬行的蛆虫，便加起油来：“快，跑快点！可不能打弯呀！”

“好咧！咱们来比赛吧！不是赛马，咱们这是赛蛆。胜方赢一颗艾绒，咋样？”

艾绒指的是每逢星期天发放的维生素片。以前他们曾在标签纸上贴从揩屁股用的杂志里剪下的数字，从一到九，共四组，制成一副纸牌，来推牌九，但这立即就会被教官发现。如果是赛蛆，则可以一边干活一边玩，而且还不易被觉察。

“俺就选这匹马！”有人说着，用铁丝小心翼翼地挑起来一条。

“叫什么名字？”

“是呀，就叫蛆蛆吧。”

将蛆虫的名字定为蛆蛆的，是胳膊上刺着女人名字的十五岁少年。

“那么我选这个，叫它老警。”高个子也加入进来。

四条蛆虫在起跑线前各就各位，歪歪扭扭地蠕动前行。不能声援助威，为防万一还得继续干活。如果获得第一，艾绒便是四个。有的见蛆虫扭上了弯路，便吹气让它跑直线；有的则像唤狗似的，啧啧地咂嘴咋舌。

“这蛆虫变成苍蝇和咱们从这儿出去，到底哪一个更早些呢？”

“那恐怕是蛆吧。用不了多久就会变成苍蝇，从那个窗口飞出去啦！”

以前从未有过保护者来将人领回去的先例。樱井说智力竞赛是为了测智商，可打那之后再无下文，到了十一月，大家只能凭着一床磨破了的军用毛毯抵御黎明的寒气。

“要是有一把螺丝刀就好了。”高个子赛蛆输了，呆呆地叹道。

窗子外边大概是一片稻穗，农家院落里穿上棉袄的孩童正在啃着柿饼吧。淀川的芒草随风摇曳，秋夜的长空中有大雁飞过，王孙公子们此刻正在宫殿里仰首眺望吗？

“你从这儿出去以后打算干什么？”阿辰问道。

“到船上去工作。俺爹是船员，在特鲁克岛死了。他总是带一种叫芒果的水果还有巧克力回来给俺。”

“俺爹不成，他是个赛马狂，马票中了的时候，也带俺去宗右卫门町的餐厅大吃大喝，还叫了好多艺伎。还有生鱼片、天妇罗、鱼汤、腐竹、酱烤豆腐串、螃蟹、煮毛豆来着。”

“你打算干什么？”

“想去电器行里干活。俺喜欢修收音机什么的。俺待过的宾馆里有个八管收音机，接收信号可好了！”

“不管三七二十一，干脆请神户的亲戚帮忙把俺领出去算了。就是不大好意思。可也不能一直待在这里呀。”说着说着，高志心里当真琢磨起这个念头来，“要是俺出去了，就请他们来把你领出去。他们一准乐意担保。”

“那可太谢谢你了。”阿辰见小盒子里的蛆虫快要爬出来了，便用手指捅落下去，用劝导的口气说道：“再忍耐几天，很快就会长出翅膀来啦。到那时想去哪儿就去哪儿。”

两天之后，“娘们”来喊阿辰：“兵头在吗？跟我来一下。”

“什么事？”阿辰满腹怯意。反正不会有好事。

“娘们”却说：“律师来了。还不快点。”

阿辰怯生生地扫视众人一周，走下楼梯，天快黑了也没回来。

“呵呵，这准是有罪败露了。”可是律师为何要来呢？

晚饭后，阿辰终于回来了。

“怎么回事？肚子饿了吧？”

“嗯。没什么。”

“怎么了？有什么烦心事吗？”

“也不算是什么烦心事。”

“那律师是怎么回事？”

“俺是头一回见他。他带了美国香烟，给了‘坦克’一根，‘坦克’又是点头又是哈腰的。”

两人的对话驴唇不对马嘴。高志担心不已，寻思自己能帮上什么忙——对了，明天早点名时，托那个在神户开面包店的亲戚把阿辰领出去得了。一时兴起，第二天便将此意禀报了上去。

“娘们”记录下住址姓名，问：“是你什么人呀？”

“是俺爹的哥哥。”

“这样的事，你小子干吗不早说呢？”

脑袋挨了一记，高志也觉得开心。不光是阿辰，高个子、文身全都仗他帮忙，不过，也得拼命好好干才行。他把自己的心思告诉了照例热衷于赛蛆的家伙们，唯有阿辰缄口不语，凝望着盒子里的蛆虫。

“爬六甲山去！神户港又叫扇港，港口的防波堤形状像扇子。小学四年级时，俺去那儿参加过夏令营，还画了好些写生。”

下午，“小胖子”十分难得地和和气气打开房门说：“兵头出来！”

阿辰似乎正在等待这一声呼唤，脱下衬衣，和毛巾一齐递给高志。

“你把这蛆虫当作护身符好了。”他羞涩地说完，身影便消失在了走廊里。

将身边常用物品留给身后的人们，是出狱时的规矩。况且是蛆虫这护身符。阿辰在蛆虫化作苍蝇之前，就离开了少管所。

高志简直像受了狐狸愚弄，连活儿也没心思干。不是说他爹喝甲醇中毒死掉了，他娘根本不管不顾吗，怎么会忽然出现个担保人呢？任凭他如何苦思冥想，也不得其解。

就在这时，“娘们”手持一盒塞得满满的牡丹饼出现了。

“这是兵头送来的点心。”

“这……阿辰是被什么人领去的？”高志询问道。

“不该问的别问。这跟你没关系。”“娘们”口气强硬地说，咣当一声关上了沉重的门扉。

跟面包店联系过了，然而最终没有回音。

进入十二月之后，吃了半年稗子麦饭的十二个少年，在长九尺宽十一尺的木地板上紧紧地挤作一团，借以取暖，连起身的力气都已丧失。

时而伴着刺骨的寒风和雪片飘飘起舞的，是早就羽化了的蛆虫蜕下的皮壳。

晴朗高远的冬季的天空，时而飘过宣告岁末大减价的广告气球。

乘着寒风，从遥远的枚方街市传来街头吹鼓手们的黑管声，乐声哀哀，吹奏的正是探戈舞曲《假面舞会》：

吧啪啪啪、啪、啪啦啦啦、嚓嚓嚓嚓、嚓、嚓啦啦啦。

可怜的孩子

“啊哟喂，这是怎么回事？”

“不知道。俺可弄不明白。”

火车过了新潟的长冈市，车厢内去上班、上学的乘客便多了起来，那听上去好似在嬉戏打闹一般的新潟土话，显得十分喧嚣。从始发站东京上野上车的乘客，虽然好歹有个座位，却是条凳般的硬木板三人座椅。由于下雪误点而一连坐了近十一个小时的夜车，随着列车抵近新潟，他们越发紧板着面孔，一言不发。

在风的压抑下，火车头吐出的烟雾不时低低流过窗外，一望无际的雪原从车窗外飞驰而过。排作一列的稻草架子上，覆盖着厚厚的白雪。

从大阪出发的辰郎，在乘客爆满的电车里坐了一天。他照对付小腿肚抽筋的要领，将大脚趾猛力往上翘起，借以疗治硬似石头的腿肚子。他一心要缓解症状，此外什么也不肯想，倒也并非因为清楚这一点：想再多也起不到任何作用。

夜车驶过高崎——这个站名似曾相识——以后，又善解人意地逐一在一个人影也无的小站停靠，朝着山里驶去。站员悠然地报着“汤桧曾”“后闲”之类的站名，听上去宛如另一个世界。

猛然回过神来，只见窗外一尺多远处，耸立着一堵雪墙，高得望不见顶，上端消失在黑暗中。分明知道这是扫起的雪堆，辰郎却毫无来由地心悸。

为了等候和上行车[①]交会，火车在越后汤泽站停车二十分钟。辰郎打算喝水，下到了站台上，只觉得那寒气顺着一个个毛孔直往体内钻。这还不算，周遭竟然连一丝一毫的气味也没有，他更觉得毛骨悚然。

由于雪光的映射，山峦仿佛漂浮起来，直逼到眼前。山脚下灯火成行，似乎是旅馆，其中一家写着“稻本”字样。大概是踩在站台上冻结成冰的雪上滑倒了，有人在怒骂。骂声旋即消失，传来了水龙头仿佛咳嗽般的咝咝声。

辰郎印象中的车站，再怎么小，也总是通宵达旦地充斥着喧嚣声，混混沌沌地笼罩着温吞的空气，而且必定牢牢地附着人粪和焦土的气味。三宫站、大阪站，鹤桥、京桥、天王寺，幸免于战火的京都和奈良，无不如此。即便是仅停留过一次的东京站和上野站，情形也毫无二致。他只在七年前（昭和十五年）来过一次东京，此次深夜踏上大都会陌生的土地，紧接着又从上野乘上火车，内心却未曾害怕，就是因为车站特有的气味。

只要有了那种仿佛要渗透进皮肤的车站的气味，哪怕远在天涯海角，辰郎也能处变不惊。

---

① 在日本，由地方开往东京的列车称为上行车，由东京开往地方的列车称为下行车。

越后汤泽车站如蒸馏水一般透明，辰郎再次刻骨铭心地认识到周围的环境正在发生急剧的变化。但事已至此，手忙脚乱也无济于事。这也是他在近半载的流浪生活和枚方少管所的日日夜夜中学来的处世术：严严实实地将自己罩在坚壳之内，绝不慌手慌脚地对外界刺激一一作出反应，这是走投无路时反败为胜的办法。

四天前，他被少管所的教官“娘们”叫了去。走到楼下办公室一看，律师上野正伸着手在烤火，大概是柴火中夹杂有尚未干透的树枝，火盆直冒烟。

上野是辰郎住在京都时同一居民小组的邻居，跟辰郎喝甲醇而死的爹关系要好，一道去岚山游玩时，还曾在树林中练习过谣曲，是个仪表堂堂的男人。辰郎一家搬到大阪之后，爹和上野大概还有往来，而辰郎却是三年未见他了，加之又是在这种地方见面，辰郎缄口不言。

“自打你爹死后，你也吃苦啦。”

话说得好让人感动。

辰郎莫名其妙，弄不清发生了什么。来自火盆的热气沁入躯体。那长九尺宽十一尺的木板地木板墙的房里，凛冽的寒风钻穴觅隙，呼啸而入。如今已近十一月底，面积仅三坪的狭小空间里，十三个人不得不挤作一团，但如今反倒是好事，因为以躯体为彼此取暖是唯一的活命办法。辰郎思忖道，多暖一会儿再说，这至少可以帮大家储备些热量。

“起码得打声招呼嘛！人家可是特地跑来探望你的。”教官

“小胖子”敦促道。

“还是你妈妈告诉我的。我压根儿就不知道。”上野身穿衣领上镶着天鹅绒的大衣，比从前略显得清瘦些，于心有愧似的搓着手说道，“我会尽力而为的，你就放心好了。”

“你小子好运气嘛。少管所里的人由律师先生来接出去，可从没有过先例。”动辄对犯人拳打脚踢的“坦克”奉承道。

上野将印有骆驼图案的香烟递给“坦克”。

接出去？这么说我可以出去了？哪里会有这等好事？娘托上野来的。真是那个在做应召女郎的娘吗？

“噢，对了，这是慰劳你的，不不，是礼物。”上野似乎不知道应该怎么办，眼睛望着三个教官。

“你就在这儿把它吃掉吧。”“小胖子”让给辰郎一把椅子。

是紫菜卷寿司。尽管只卷了一片葫芦干，颜色犹如海参，辰郎却狼吞虎咽一扫而光，连是什么味儿都未辨清。指尖上粘着点紫菜屑，也恋恋不舍地用牙齿刮得干干净净。

“我昨天才知道此事，还得去作些准备，后天还会再来。”上野站起身。

辰郎忽然害怕起来，觉得自己会被弃置不问。

“那……我可以从这里出去吗？”这是他首次开口说话。

“不必担心。有我为你担保。你只要再坚持几天就行了。”上野的眼神充满了怜悯。

辰郎不由自主举手摸了摸脸，脸上胡子拉碴。走廊上昏暗的玻璃门里，映照出他的身影，简直如同幽灵。他羞愧得无地自容，不知道是出于自卑自怜还是因为即将出去高兴，不禁抽了抽鼻子。

一般而言，只有在大事不妙的时候才会被教官喊去。辰郎回到囚室，面对关切地询问他的高志，不知道如何作答，很想大喊一声："我就要出去啦！"

你们活该，留在这儿等死吧！屁股肉全掉光，露出肛门来，像今市那样去死吧！俺可不一样，俺要出去啦！走出办公室，跟在"娘们"后面爬楼梯时，辰郎脑子里首先冒出的便是这些话。

见了上野之后，再看到这些枯叶般干瘦的同伴，他觉得二者根本就不是生活在同一个世界。望着面前那十二张毫无表情的面孔，他产生了仅仅自己一人逃离苦海的负疚感，随后又盘算道：如果稀里糊涂地说出口，众人或许会因为忌妒，没准一齐扑上来将自己杀了。便答道："律师来了。"

"是不是余罪暴露啦？"高志问道。

神气活现的樱井两周前因杀人罪暴露被押走了。高志如此询问实属正常。

"倒也不是。"辰郎含混其词，不再多言，望着用制标签的白纸做成的小盒子里放着的蛆虫。

它们是从死去的今市的衣物中滋生出来的，大家一度拿这蛆虫当马，让它们赛跑，以二成麦子八成稗子的伙食作赌。但随着天气日渐转冷，这么一点劲头都消失了。

"蛆虫好啊，长出翅膀来就能飞走了。"高个子说道，眼望着六尺高处的小窗，一缕微弱的光线从那儿射进囚室来。似乎是绝不肯饶恕能够飞走的家伙，他用拇指将线头似的蛆虫逐一捻死，口中唱道："娘死掉啦，爹逃掉啦，妹子跟流氓好上啦，俺也把好事弄糟啦。关在牢里焦心啦，想起那娘儿们焦心啦。啊泡矣泡矣。"

"不是泡矣泡矣。是泡矣宝伊。"有人纠正道。

他是个诈骗从犯，十二三岁的少年，口中整日哼着歌。

哪怕每餐只有半碗饭，一日三餐也照样是生活的全部，只要远处传来叮叮当当餐具相击的声音，一切多余的声音均被禁止的少管所就会腾腾地升起一股杀气，于是"娘死掉啦"那优哉游哉的歌声便响了起来，与之遥相呼应。

"不是'泡矣宝伊'，是'仆儿宝伊（poor boy）'吧？"念到了中学四年级、与辰郎二人在此地算是有学问者的高志认真地说，"那意思就是'可怜的孩子'呀。"

辰郎第一次听到这首歌时，暗忖：这唱的不就是我吗？

只怕此处所有的少年听到这支歌，都不会觉得事不关己。云集于此的孩子，没听说有谁父母双全，或者在战后亲人还能安然度日的。一夜之间，他们便赤手空拳地被抛进了这大人们都难以应付的世间，为了生存，无奈干些偷鸡摸狗的勾当，却运气不佳，被逮了进来。对接二连三袭上身、令人反应不过来的变故，他们没有闲暇哀伤，也没有余裕兴叹，只能随波逐流，得过且过。此地净是这样的人。

起初还能令人感同身受的"泡矣宝伊"，未几便同《苹果之歌》《你是我的阳光》一样成了流行歌，不再让人生出特别的情感了。

然而，马上就要出去了，不管出去以后将会如何，此刻自己已有了从这令人绝望的、非饿死即冻死的凄凉境况中脱逃的希望，因此辰郎重新被“泡矣宝伊”（或是“仆儿宝伊”）深深吸引。

爸爸战前在京都新京极的后街经营一家台球房，妈妈则在同一地区拥有一家叫“汉城”的咖啡馆。辰郎家住北白川水渠附近，他几乎是由祖母带大的。

随着战况愈演愈烈，号称为了增强国民体质，台球房改头换面，变成了乒乓球房。不久，咖啡和蛋糕也从“汉城”销声匿迹了，改而销售用人工增甜剂做的琼脂和蜜豆甜凉粉，然而辰郎家的生活状况却并没有因此变得贫困。上小学时，祖母做的便当、节庆时的零花钱，大都比同学体面。

由于职业原因，爸爸讨厌穿国民服，一直是西服加礼帽。他从不剃光头，虽然瘦削，身高却将近六尺。辰郎与父亲走在一起时，总是很自豪。

妈妈出生在当时称作“京城”的汉城，所以给咖啡馆起名叫“汉城”。然而娘家并非从事服务业，因此她不满足于当一个普通的老板娘，穿着打扮远比实际年轻，亲自坐在收银机前，是个生性好强的女人。她原本就跟婆婆合不来，有事无事就要吵闹一场。对待辰郎，与其说是出自普通母亲的关爱，更像是因为手头较为阔绰，抑或是为了弥补未能尽到的母亲的职责，毫无节制地给他买豪华玩具，不分场合地乱给零花钱。而当辰郎感冒卧床时，她却只顾为同行聚会的事忧心忡忡。

昭和十五六年前后，妈妈带着一个同志社大学的学生，出现在爸爸的台球房里。她声称是给爸爸介绍客人。然而大概以前这个学生就曾经让爸爸心绪不宁，结果夫妻俩在台球房里扭打成一团。

祖母曾经向辰郎抱怨：“照理这话我不该说，但你娘真是水性杨花，狗改不了吃屎。”

自打台球房改成乒乓球房，家里就靠妈妈咖啡馆的收入维持生计。

爸爸一直泡在赛马场里，一到家就专心致志地剪报，专门剪辑报道军队消息的报纸。妈妈则满不在乎地深夜归家。辰郎并未觉得奇怪，还以为这就是世间常例。然而偶尔去同学家玩耍，发现人家的母亲穿的多是朴素至极的扎脚裤，而且披头散发。祖母最多拿出柠檬汽水和薄脆饼待客，可人家的母亲用来招待小朋友的，却是虽粗糙但热气腾腾的自制烤甜饼和加了柠檬的红茶。辰郎心中暗忖：“跟我家不大一样嘛！”却并不羡慕。

“红茶、蛋糕之类，只要到店里来，要多少有多少。你可以带朋友来。”妈妈在家里什么事情都不做，毫不介意地让还是小学生的辰郎出入“汉城”。

辰郎考进京都二中那年，祖母去世了。

战争愈演愈烈，不管如何强调增强国民体质，乒乓球房的客人还是一味减少。与之相反，妈妈却愈加得势，还与黑市联手，赢得不少客人。于是领取配给、开会、防空演习等全都由爸爸承揽下来。爸爸那消瘦的身躯此时总算穿上了国民服，站在广场上。

“立正！遥拜皇宫！”举行仪式时他负责喊口令。余者都是附近的婆娘，唯独他是男子汉，辰郎总觉得羞愧，看着他就像是看着陌生人。

昭和十九年年底，为了防备空袭，新京极一带拆房，台球房、“汉城”都在拆除之列。

妈妈说：“待在京都是没有前途了，咱们去大阪吧。再开家黑市吃食店，钱可不要太好赚。”

她用拆除补助金做本钱，毅然挺进在这种局势下别人逃之犹嫌不及的闹市。这份胆识大约是因为她在殖民地长大。爸爸骨瘦如柴，皮肤白得透明，偶尔同律师上野下围棋，大声吼叫时，才像个男子汉。

父母好像根本就没有考虑过让辰郎转学的问题。

冬日的天空中，B-29轰炸机拖曳着鲜明的航迹向东飞去。交错而过的是三架编队的日本战机。有人说：“那是特攻队。”举头遥望，太阳光射进眼睛里，有人打起了喷嚏。

整个社会一片骚乱，妈妈在大阪谷町租好了房子，不问是中餐、西餐还是日餐师傅，招募了几位因为饭馆关闭而遭解雇的厨师，三下五除二，便开起了为军人和军需工厂管理者服务的地下饭馆。一切似乎在京都时就准备妥当了。

到京都去上学实在太远，辰郎便转校到了高津中学，上二年级。

爸爸在家里简直形同房客，客人们虽然不至于弦歌喧嚷，却也吃得杯盘狼藉，他便尽心尽力地收拾打扫，目的却是为了偷喝酒壶甚至酒杯里剩下的残酒。

同班同学只能带些面包或红薯充作便当，唯有辰郎带的是饭馆的菜肴。动员去工厂干活时，下午三点发的面包，他瞧也不瞧一眼。

不久，轰炸使得一切化作灰烬。望着自己苦心经营、如今化作废墟的饭馆，妈妈丝毫不曾垂头丧气。她穿着豪奢的上衣，下身却是扎脚裤，断言道："瞧瞧，日本已经完蛋啦。这可是海军说的，准没错！"

爸爸却还唠唠叨叨，在废墟上刨来刨去，将镜头烧歪的照相机、只剩下框框的煤气暖炉宝贝疙瘩似的收起来。

他们在"天下茶屋"租了两间屋子。自打辰郎记事以来，第一次同父母生活在同一个屋檐下。

战后，也不知道妈妈托了什么关系，在森小路找到一间类似牛奶店的店铺，摆上了发糕、红薯羊羹，做起生意来。

爸爸又唠叨："美国人要来了。美国人最喜欢打台球。要是京极那家店还在该多好啊。真傻！"

他依然割舍不下，还带着辰郎去京极看过。尽管有粗制滥造之嫌，京极还是亮起了彩灯，唯有被拆除那一带仿佛黑洞般无人过问，变成了极方便的"公共厕所"。

昭和二十一年，辰郎上中学四年级，如果成绩尚佳，他打算报考旧制第三高等学校。他还是习惯不了大阪，一心想回京都，于是有了这么个奢望。听说停电时，占领军宿舍附近的电灯还是亮着的，他便住到了那一带的同学家里，专心致志地学习。

森小路妈妈的店里，他连脸也不曾露过，只听说十分兴旺。妈妈又像从前一样，给辰郎买过分奢侈的学生装，给他很多零花钱。

“对不起，阿辰呀，能不能借点钱给我？”被忽视的爸爸似乎手头拮据，一次一二十块，死乞白赖地向儿子借钱。

他经常到鹤桥、京桥去买私酒浇愁，这一年年底甲醇中毒，一命呜呼了。其实此前情形就有些不妙，早晨起床时，如果不摸摸索索地先用水洗去眼屎，恐怕连眼睛都睁不开。他的人生就此草草收场。

妈妈自然是如释重负，教训儿子道：“落到你爹那种地步，人就算完蛋了。你可得好好学习。要多少钱，娘都会给你的。”

尽管老师说绝非易事，辰郎却固执己见，不肯改变报考三高的志愿。理由之一是，如果去京都念书，就可以不跟妈妈住在一块儿了。

妈妈每天夜里回来时，都满口酒气，有时是乘出租车一直到家门口，和送她回来的男人用听来耳生的语言交谈。不，其实并不耳生，那是耀武扬威地在黑市里招摇过市的语言，是妈妈出生那个国度的语言。妈妈笑得仿佛在打嗝，犹自嘟嘟哝哝地说着那语言，解开衣带，在黑暗中发出尖锐的声响。于是辰郎第二天早晨醒来时，枕边便会放着肉包子、紫菜卷寿司、苹果，还有一张百元现钞，这是惯例。

钱物自然是求之不得的好东西，可继续跟妈妈生活的想法却日趋淡薄。

翌年二月，辰郎去京都领取报名表，不想遇上大雪，深及膝盖，而鹅毛大雪犹自往身上涌来。想必是进入考试期，学校放假了，三高校园里空无一人，只有辰郎踽踽独行。辰郎是头一次见到大雪。

如今来到新潟，展现在辰郎眼前的雪却分外坚硬，简直像与那年的雪截然不同的事物。天色渐明，窗外现出了人影。女人们将头上毛毯似的东西放下来，男人则戴着士兵常戴的那种样式的厚皮帽子，人人足蹬长靴。

好像是暖气冷了下来，光脚穿着木屐的辰郎脚尖生疼，跟他念京都二中一年级时，在冬天的琵琶湖畔举行抗寒强制军训时一样疼。悒郁的雪云笼罩长空，尽管天已大亮，竟仿佛是暮色苍茫的黄昏，然而久看雪原，再将视线转回昏暗的车内时，因为眼底闪闪烁烁地残留着白光，一时间视线模糊。

火车驶入新津，学生装几乎消失了，女学生装取而代之。她们冲进车厢里来，人人身穿扎脚裤。辰郎忽然心生厌恶。“新潟该不会没有百货公司吧？”这个不合时宜的疑问油然而生，连辰郎都觉得莫名其妙。自己眼下正危难当头，要远赴素不相识、仿佛从天而降的养父母家，哪里还有余裕考虑什么百货店的事！

领好报名表，从三条车站坐上旧京阪铁道的电车。到天满站的票价是三块钱。

电车里空空如也，辰郎坐下，落在身上的雪融化了，上衣和裤子湿漉漉的，不一会儿，在体温的烘烤下，白色的蒸汽从身上漫漫升起。这时，三个女孩子裙袂翩跹，站在车厢门口。是府立一中的学生。她们偶一回首，注意到了辰郎。他宛如刚刚出笼的馒头，浑身弥漫着雾气，那模样一定十分奇妙。于是她们开始哧哧地偷笑。辰郎羞愧不已，血流上涌，可体温上升，雾气愈加弥漫，他手足无措，困窘至极。

辰郎生性晚熟，清晰地意识到女学生的存在，那还是第一次。

妈妈不时会从钱夹里摸出张年轻女子的照片——大约是来应募女招待的，问辰郎："如何？阿辰觉得哪个好？"

满嘴的酒气令辰郎窒息。那女人望上去已二十岁出头了，对辰郎而言简直就是婶婶阿姨。

"都不咋的。"他答道。

"这个孩子说是在今里做艺伎，可还是未脱土气呀。"妈妈嘟哝道。

事后想想，在经营"汉城"的同时，妈妈还曾在千林寻找过酒馆，看来那时候就着手她的计划了。

三月十日，举行三高入学考试。

首先是智力测试。辰郎无从下手，见邻座那位看上去非常适合穿海军军服的学生三下五除二便答完了题目，他的信心更是彻底崩溃，遂放弃了之后的学科考试。

雪已然消失。辰郎来到新京极一看，连从前房屋的旧址上也已经建筑林立，弹子房，摆满了提包、木框和盂兰盆节偶人的礼品店等，鳞次栉比，人流比战前还要多。他怀揣着妈妈多给的零花钱，头一回迈进了“汉城”之外的咖啡馆。

奶油面包、蛋糕、红豆团子，逮着什么算什么，往嘴巴里乱塞。他一边吃一边想：三高是考不进啦，复读一年之后再来考得了，不过只怕那终究是空中楼阁。偶尔对着厕所里的镜子看看自己的脸，简直跟死于甲醇中毒的爸爸的脸一模一样，妈妈行事又如此可疑，这样两个人生下的我，怎么可能戴上那神气十足的三高学生帽呢？非得像刚才邻座的那家伙，长着一副精悍的面孔才成。辰郎心灰意冷，意志消沉。

与妈妈说起自己打算报考三高时，妈妈开口就说：“那可太好了！三高的学生在女孩子中间可吃香了。从前他们也常常来娘的店里。只要说是从三高考进京都帝大的，不管多好的人家的闺女都能讨来做媳妇！”她如此这般发表了一通风马牛不相及的感想。

别人的母亲都身穿颜色偏黑的雅致和服，妈妈却像大姑娘似的，涂脂抹粉，打扮得花枝招展。都怪她不好，所以我才会变成这样。辰郎将考砸后的郁愤一股脑儿归咎于母亲。至于没有她，此刻他恐怕连一粒米都吃不上的事实，则置之不问，径自怀念起爸爸来。

“我想租间房子，住到外边去。”春假结束时，他对妈妈说，想找个地方潜心攻读，来年一准考上高中。一旦夸下海口，他便滔滔不绝地大话连篇。

“如果那样对念书有好处，就依你的意思办好了。娘也觉得此地太远，正想搬家呢。”

妈妈毫不在意地同意了他的提议，很快在学校附近找到一间幸免于兵灾的六叠大的房间，然后才像刚刚意识到，问：“洗衣服没有困难吗？”

什么困难不困难，近两年来，操持一切家务事的，还不是辰郎自己。她说每月送来两千块钱的生活费、黑市米和其他物资，所以毫无不便。她自己住进了千林的酒馆，这样有利于生意。

一切重新开始，辰郎踌躇满志。然而好景不长，这种情况只维持了一个月。

此前他从未跨入过咖啡馆、饮食店内一步，如今却带着友人在繁华闹市里四下闲逛，吃吃喝喝，没几日便剩不到两成的钱。他一路找到妈妈的店里要钱，两三次倒也罢了，次数多了，妈妈也斥责起来：“你不是说要好好念书才住到外边去的吗，怎会要那么多钱呢？”

在一看便知是不良妇女的女人们好奇的注视下，辰郎回嘴说：“这有什么，人家需要钱嘛。”

“你以为钱会自己长出来啊？你瞧娘多辛苦。”妈妈一副以恩人自居的口气。

辰郎忍不住脱口而出：“啥玩意儿！老鸨！”

“你说什么?！再说一遍看看！”妈妈大发雷霆。

辰郎却让人下不了台。“这是什么生意，我都知道！娘你做的不就是这种生意吗？”

一个巴掌猝不及防地飞了过来，面颊一阵麻木。这一来辰郎反而轻松了。

“婊子的小孩还进什么学堂？我不念书了！”

正大吵大嚷间，一个女人的声音响起："阿妈！"

妈妈无事人一般起身便走，将眼镜忘在了身后。辰郎拿起一看，是老花眼镜，便若无其事地揣进口袋，再拉开似曾相识的柜子，从抽屉里偷了翡翠戒指和金戒指。

"少爷，您要回府了吗？"高高的瓷火盆旁，一个女人好像感到浑身火热，在初夏的此时裸露着大腿问道。

辰郎一口气跑到泷井车站，掏出眼镜，抬脚踩了个粉碎。

在心斋桥的首饰店里，辰郎声称戒指是母亲的遗物，变卖了五千八百块钱，打算用这做本钱独立生活。他先去繁华闹市闲逛一圈，回家的路上，心中暗暗期盼妈妈在家里等着自己，然而全无这种迹象。

未几余款渐少，见天王寺附近的铁板工厂招工，辰郎便去应募。还像模像样地有个面试，问他最尊敬的人是谁。辰郎回答是蜀山人[①]，见对方莫名其妙，慌忙换成西乡隆盛，遂告通过。然而却因举不出担保人，当场遭拒。辰郎立即陷入窘境，时到如今又不便去千林求救。先是把辞典卖了，幸好快到夏天，于是他接着又把被子、衣服卖给了旧衣铺子。

七月初，房间里太闷热，辰郎便跑到了上六车站里。正呆立间，一个矮汉子过来搭腔道："咋啦？是离家出走的吧？站在这种地方可没好事。要不你到我那儿去？一床被子总是有的。"

那人看上去并不像心怀鬼胎的模样。管他的！辰郎怀着自暴

① 日本江户时代著名文人大田南亩的别号。

自弃的心思跟了去。

位于阿倍野的这个房间也是租来的，三叠大的木板房里放着缝纫机，六叠大的房间则像是卧室。

“晚饭我吃的是火锅，还有剩的。你要不要吃？”

天气如此闷热，却门窗紧闭，还吃火锅，辰郎连想象一下都会汗流浃背，可是拗不过肚子饿。

“我跟你说啊，这家房东太太每天到了傍晚，就带着女儿到阿倍野溜达。她们到底是做啥生意的呀？”

汉子一边说，一边舔着嘴唇。辰郎心中有数，却没答话。

“你是开服装店的吗？”辰郎环顾四周，意在奉承他。

“战争期间在上海开了家店。”

那样的话，他应该有老婆孩子才是，也许是个鳏夫。

“好啦。休息吧。”汉子将锅碗搁在角落里，只铺了一层垫被，“睡下吧。”

好像并没有睡衣可换，于是辰郎脱去衣裤，躺了下来。汉子也紧挨着躺下，刚一关灯，辰郎便感到胯股间遭人摸弄，他大气也不敢出。这下子，汉子的脸也贴了上去，辰郎惊讶得呆若木鸡，舌头微妙的动作唤起的只有恐惧。他假装睡着了，身体僵硬。不一会儿，汉子从背后骑了上来。辰郎感觉到汉子在拼命地涂抹唾液，却全然不明白正在发生什么事，只是在一番动作之后，仿佛泰山压顶一般，那份重量压了上来，辰郎不禁呻吟出声。

汉子再度打开电灯，从柜子里拿出五本油印的淫书，递给辰郎看，自己也看。正看着，汉子的手指再次爬上了辰郎的下腹。

确认了那英武的雄姿，手指更加猛烈地动起来，随后便嘻嘻地笑着，又凑了上去。辰郎就这样睡着了。

待次日早晨醒来，汉子正踩着缝纫机。虽然号称是服装店，其实无非是从黑市买来布料，极为简单地剪剪裁裁，制成秋季和冬季穿的厚夹克，批发给洋货店，以此为生罢了。

“既然起床了，那就对不住了。帮我到纽扣店里去买纽扣好不？”汉子一头忙忙碌碌地踩缝纫机，一头说道。

从此，他每夜被汉子袭扰。

过了两个星期，汉子发话了：“你也出去干点活怎样？晚上就睡在这儿好了。”好像是为辰郎白吃他的饭而心疼。辰郎陡然萌生弃妇一般的心情，趁着汉子外出，偷了三件刚刚做好的夹克逃了出去，在阿倍野的旧衣店里变卖了四百五十块钱。

就在旧衣店旁边，贴着占领军专用宾馆招募服务生和衣帽间职工的广告。辰郎寻思试一试又不花钱，便跑去一问，担保证人之类统统不要。所谓宾馆，无非是将幸免于战火的大楼接收过来，改修成与应召女郎幽会的场所而已。日本员工全部住在旁边的窝棚内，二十叠大小的房间里，连地板也没铺，摆着一溜桑蚕棚架似的双层床，只留着仅供一个人通行的过道。

“服务生一个月四百块钱，外带三餐，衣帽间工作五百块钱。”

辰郎问衣帽间是什么，答曰：负责替客人管理行李，把钥匙交给客人，得会说几句英语才成。

于是辰郎决定干服务生。在二楼食堂里负责送啤酒和下酒菜，此外就是捣碎冰块、洗涤杯盘，从下午两点一直站到午夜零点，回到工棚里，疲倦得只想倒头便睡。

“拜托，帮我把这个搬到外边去。”一天，辰郎拿着占领军忘掉的大夹克，正要回去时，一个调酒师搬来两箱美国啤酒，说道。

辰郎并不介意，问道：“搬到哪儿？”

“工棚外边，有人等着，你交给他就行了。”

辰郎还以为这也是分内工作，一口应承了下来。其实那是盗卖宾馆物资。只要小心注意不被保安发现，走上五分钟的夜路，就能有两百块钱的进账。不光是啤酒，还有香烟、巧克力和调味料。波本威士忌的数量严格控制，但其他小东西并不一一核对账目，裹在夹克里偷带出去十分容易。

“偷点美国佬的物资也是应该嘛。”好容易逃过了去特攻队的命运的调酒师说道。

的确没有丝毫的罪恶感，然而由于下家的露天摊贩失手，导致他们被一网打尽。由于审讯需要，辰郎被人押着，乘坐市营巴士到曾根崎，走过淀屋桥。途中，见来来往往的行人仿佛什么都没发生过，一脸坦然，只觉不可思议。他无法理解究竟在何处发生了何种误会，竟使自己戴上了手铐。

警察采了指纹，拍了照片后，问：“住在哪儿？”

“没有固定住址。”

“你小子是老手嘛。”警察眼睛一亮。

工作时以为无关紧要，在登记表上填写了租住处的地址，警察顺藤摸瓜，第二天，妈妈便来了，她似乎跟刑警相识。

一个刑警开玩笑道：“真不愧是你儿子啊。”

“快别说瞎话。我跟这个人，”妈妈食指弯成钩状，“没有关系。”

“这是你娘给你的，你吃不吃？”刑警递过粗糙的紫菜卷寿司。

妈妈无情的话语和冰冷的视线，辰郎都毫不在乎，须臾便将吃食一扫而光。

“我早就料到会有这么一天。你把我的戒指卖到哪儿去了？要不要请警察顺便也查一查？”

辰郎一言不发。回到囚房后，问因为诈骗被捉进来的不动产商：“拿了妈妈的东西也算是小偷吗？”

回答是毫不留情的：“那当然啦。就算是母亲，在法律上也是他人。”

“娘死掉啦，爹逃掉啦。”辰郎伴着火车的震动，低声哼道。他寻思：我正好相反嘛，但反正都是一回事。

车窗外仍旧是一片雪原，农家逐渐增多，过了龟田、沼垂后，人家终于密集起来，房子成排成列，尽管看不到百货大楼，可城市却比想象中要大。伴随着“哧——”的一阵蒸汽排放声，火车开始缓速行驶。“叮叮当当”，传来道口的铃声。乘客们一齐站起身，开始从行李架上卸下背囊、包裹。辰郎也缓缓地站起身。养父母应该已等在站台上了。

“阿辰你知道吧，你有一个叔叔住在新潟。”隔了一天，上野律师再度出现时，说了这句出乎意料的话。

的确，辰郎曾经听父母说起过，叔叔在新潟做卡车司机。

“你们兵头家的人，没一个有份像样的工作。”辰郎记得，爸爸酩酊大醉时，妈妈痛骂他，曾顺便提起过。

“听说如今成了运输公司的老板，可了不起啦。”

好像爸爸临死时曾经给这位叔叔写信，诉说战后一家人的情况。恐怕他不曾预料到自己会死于甲醇中毒，但毕竟身体衰弱，自知来日无多，担忧自己死后辰郎的安身之计。

“这孩子喜爱学习，脑子也不笨，然而考虑到其生身母亲全然不顾孩子，光知道跟男人鬼混，只怕孩子无法成长为正直的人，如果可能，想拜托你收养这孩子。”

恰巧叔叔家中没有孩子，此提议正中下怀。眼看事情就将办妥，爸爸却忽然谢世，而妈妈原本就和兵头家的亲戚断绝了往来，此话未有下文。叔叔却不死心，给爸爸的朋友、后来一直住在京都的上野律师写了封信，还附上了爸爸最后的书信，委托上野代为寻访行踪。上野好不容易找到了妈妈，辰郎此时却正关在少管所里。

“那个生性顽劣的坏小子，正该好好整治整治。”妈妈犹自不依不饶。

上野百般劝解，并转达了叔叔的意思：“若说是支付养育至今的抚养费，未免失礼，不过人家说了，愿意送你一笔谢礼。而且你也该为阿辰的前途着想呀。”

尽管不便明言，但千林一带已然变成了暗娼云集的淫乱渊薮，不花钱打理的话，妓院也难以拉到客人。听说还有谢礼，妈妈立刻来了劲。

“既然是老朋友你这么说，也不能驳你的面子嘛。”她那口气仿佛在施恩与人，还往上推了推老花眼镜。

“阿辰你就不必多考虑了。去了新潟后，只要好好念书就行。”

辰郎想起了念小学时，暑假作业是制作畚箕，那时就是上野帮着做的。如此说来，他们夫妇也没有孩子。

“这话也许没有必要说给你听，你母亲在生你的时候身体不好，做了绝育手术，之后就忽然变得争强好胜起来。这话你父亲曾经对我说起过。但你不必胡思乱想。上次见面时也一样，她虽然嘴上强硬，还不是带了慰问品，不不，礼物紫菜卷寿司给你了吗？”

在少管所简陋的接待室里，上野律师继续说道：“到了新潟的新家，可不能再随便拿别人的东西了。”

辰郎一听，哇地哭倒在地，随即被带上了汽车，住进了南森町的旅馆里。

“你这身装扮可不大合适。”上野请女服务生帮忙，弄来一件海军军服的上装、一条铁路工人的裤子，外加一双木屐。

“我帮你把这个拿来了，也许不拿来反而更好吧？”

辰郎一看，是爸爸的照片，那时还是一副风流倜傥的花花公子模样。

“还是由我来保管吧。”上野将照片装回了口袋里。

到东京的车票十四块五毛钱，转到新潟九块六毛钱，慢车，三等车厢。一到站，前来迎接的是将成为养父的人，四十二岁，养母三十五岁。养父战争期间赚了钱，现在是个拥有三十辆卡车的运输公司老板。

新潟站的站台上没有雪。然而穿过天桥走出检票口后，辰郎却见不到一个人影。站前一片雪地，虽然被践踏得乱七八糟，却毫无融化的迹象。广场的对面排列着寒酸的平房，与大阪、京都无法相比。

光着的脚趾冷不可耐，正在踏脚取暖，一辆厢型外国车忽然停在面前，跳下来一位足蹬长筒皮靴的肥胖男子。辰郎吃了一惊，对方却一连鞠了两三个躬。

“啊呀，是阿辰吧？火车晚点，所以我回了一趟家。对不住对不住。”对方拍拍他的肩膀，将他推进车厢。

汽车一开动，便听见一种未曾听惯的声响，那是防滑链条的响动。开了不足三分钟，驶过一座大桥，随即进入了繁华闹市，经过两家漂亮的百货店。

“那儿是县政府，这里是白山神社。”

辰郎正东张西望，车子停在了坡道下面。

“这里车子开不上去，咱们走着上去吧。”

走了两百来米，左侧现出一座黑门宅第。

“您回来啦——太太！”女用人跪在榻榻米上迎客，一面扭头向里面叫唤。

辰郎道：“对不起，请给我一块抹布。”他举起肮脏的脚，给催促他进去的养父看。

直到四天前，蛆虫还曾是唯一的慰藉，此时那形迹已经踪影俱无。

“哎呀，行礼就免了。一定冻坏了吧？这么大的雪。好让人心疼哦。”养母把他招呼到巨大的火塘旁边，又忽然想起什么似的，说，“噢，对啦，先洗澡吧，洗澡。”她兴冲冲地说着，轻盈地跑过走廊。

“来，在这边。从大阪一直坐到这里的吧？洗个澡就舒服啦。”

辰郎并非没有考虑过初次见面时该如何讲话，然而对方如此嘴快，他竭尽全力才勉强跟上。

浴室外传来年轻女子的笑声。

“烧不起来呢，怎么也点不着。”

“浇上汽油的话，会不会有危险呀？”

“要不用稻草烧烧看？”

其中一个是养母。辰郎偷偷拉开窗户一望，宽敞的院子里，雪地上挖了个坑，烟往上涌。女用人不断用竹竿戳弄那烧不着的东西。隐隐约约，看不太真，不过可以认出是辰郎穿来的海军军服。这时养母拿着废纸篓走来，将废纸扔进去，红色的火焰猛地蹿起来，冒起紫色的烟。

“是啊。又有虱子，又脏，才把俺的内衣什么的付之一炬了。”

上野律师并没有注意到内衣。辰郎在少管所里就一件衣服，穿了三个月，从来不曾换过，加之自打被那服装店的汉子折腾，内裤上常粘有大便。一想到这些都被别人看到了，便觉得无地自容，沮丧到了极点。

辰郎担心洗完了澡就没有衣服穿，心里着了慌，而其实只要动动脑子就应当知道，人家肯定已经备好了新衣服，但他居然没有想到。

自打爸爸去世后，由别人照顾自己，还是头一回。

“怎么啦？别泡得太久了。该不会饿得昏过去了吧？”养母喊道。

出来一看，准备了崭新的圆领内衣和一套质地厚实的士兵服。辰郎把腿伸进被炉里，吃了饭。

“你爸爸说，阿辰的头发不像样子，叫你剪短呢。”

听见养母说“爸爸”，辰郎未免吃惊，不过自然没有异议。还以为是要到理发店去剪，谁知道是在廊下摆了只脚凳，再在辰郎脖子上围了片床单，养母亲自拿起了理发推子。

“战争期间，你爸爸的头一直是我给剪的。所以你不必担心，不会剪成狗啃似的。疼的话就说。”

推子走过头上，好似吹过一缕和风，落在地上的头发长得好似女人头发。养母的气息吹拂在颈项上，扶着脑袋的左手手指那般柔软，令人心旷神怡。

“这就是正常的妈妈啊！”

理完发后，用梳子一梳，头皮屑落一地。

“啊呀，不得了！这可得再洗一遍。”

养母又一次把他带回浴室，撩起和服下摆，按住辰郎的脖子，让他俯下脑袋。眼前是养母雪白的脚趾，仿佛凝固的白雪般的肥皂泡沫一层层地落在上面，又被水冲走了。

家中成员有养父逸郎，养母哲子，哲子五十八岁的母亲松江。

松江远去四国香川县参拜著名的金刀比罗宫，不在家中。还有一个二十一岁的女佣。十一间房，给辰郎住的是客厅隔壁的房间。由于养父职业的关系，东西样样充足，库房里放着三大包大米，罐头、砂糖和酒堆积如山。

养父固然也姓兵头，可辰郎在这天翻地覆般的变化之中，能毫不犹豫、轻而易举地融入这个新家，是因为哲子的人品和他无拘无束、满不在乎的态度，而且，丰富的食粮以及由此带来的安定感起了更大的作用。

辰郎离家出走之前，跟妈妈在一起时，从未为一日三餐犯过愁。然而自从爸爸的台球房倒闭，家庭关系变得畸形，尽管不曾明白地意识到，但辰郎一直憧憬着父亲在外挣钱、母亲操持家务那种正常的家庭生活。清晨在门口说声“走好啊”，送养父出门，每星期从养父那儿拿五十块零花钱，这样的生活非常对辰郎的胃口。

辰郎很快便毫无隔阂地喊逸郎为“爸爸”，这是因为在京都生活期间与爸爸是正常的父子关系，只需依样画葫芦便可。但管哲子叫妈妈，辰郎觉得很不好意思。她与生母的差异实在太大，单单比较容貌的话，也许已是半老徐娘的生母更算得上美人胚子。然而最后一次见到她时，她却已变成了不折不扣的妓馆老鸨，眼圈乌黑，满脸褐斑。哲子则是逸郎事业成就之后迎娶的，教养甚佳，一望便知是家境上好人家的女子。更何况，动辄立眉竖眼拿爸爸出气、满口酒臭的妈妈和永远不忘薄施脂粉、举止从容、从来不曾粗声说话的哲子——哲子对生活十分满足，这也是理所当然——岂可同日而论。其实，辰郎从来没有得到过生母的照顾，面对哲子的关怀，他每次都不知所措。

这年腊月，哲子见辰郎没有像样的衣物，便自己动手，替辰郎缝了一条衬裤。因为平时逸郎里面都是穿兜裆带，所以哲子不得要领。而辰郎觉得让哲子为自己缝内衣已经十分尴尬了，哲子还叫他穿给她看看。

辰郎很难为情。“行了。缝得太好了。”

然而哲子硬让他把裤子脱下来。“要什么紧啊，我是你妈妈呀。”

是啊，在妈妈面前，任如何撒娇也没有关系。从前念小学时，看见同学死乞白赖地缠着妈妈买玩具，话说得很不中听，辰郎觉得不可思议，暗忖自己如何才能那般撒娇。可妈妈却总是在他提出要求之前，便把钱给了他。有一次他说钱不够，妈妈便声音尖锐地训斥道：“甭跟我撒娇！去跟你爸爸说去！找你那好吃懒做的爹去！”

哲子亲手缝制的衬裤，裤腿有点小，每次小便都得脱下裤子，不太方便。辰郎鼓足勇气说：“妈妈，这样没法撒尿。”这是他头一次叫哲子妈妈。

他腆着三天就得刮一次胡子的脸，故意装出孩子气十足的声音。见哲子一下子没有反应过来，他便一不做二不休，道：“小鸡鸡掏不出来。”

话音未落，哲子笑弯了腰。“对不起。你爸爸是用兜裆带的，前面要是开口的话，那兜裆带总是要露出来，不好看。阿辰正好相反，对不对？”

她的手指几乎就要碰到那个部位了，辰郎慌忙后退。

“脱下来吧。给你改一改。”

辰郎拎着旧衬裤跑进浴室。毕竟是穿到现在的内衣，可哲子毫不介意，动手就拆。妈妈绝不会如此。

孩童时，辰郎曾在学校里把大便拉在裤子里，于是用双手紧紧捏住西装短裤下摆，飞奔回家。不巧阿清不在家，被妈妈看见了，她赶快将污物扔进了茅房，一言不发，用自来水冲洗辰郎下身，毫无同情心地张口抱怨：“啊哟，臭死啦！”

快到年底时，外祖母松江回来了。在交通如此艰难的情形下，居然能够远赴四国，可以想见她的身体健康得与实际年龄不相称。

此前一天，逸郎告诉辰郎：“明天你姥姥就要回来了。她这个人生性倔强。不过只要顺着她点就行，她天性还是个好人。”

“我妈妈从来不肯向人示弱的。”

“这事暂且不提。阿辰念书的事该怎么办？”

本来辰郎现在应该念旧制中学五年级，如果不升入高年级，就应该编入新制高中三年级。

“我想试着去考新高中。”辰郎对旧制高中学生帽的憧憬依然割舍不下。

话音刚落，逸郎便笑得眯缝起眼睛。“是吗？阿辰脑子聪明啊。我哥一直很得意呢。”接着，他说起了辰郎上小学之前，他去京都游玩时的往事，可辰郎已然认为关于生身父母的话题是累赘了。

第二天早晨，去车站迎接搭乘早班车到达的外祖母。辰郎被介绍给一个肥胖男子，他是开钟表店的吉川，外祖母跟前的红人。

外祖母步伐有力，根本不像年近六十的老人，一下车，就命令吉川："帮我把行李拿下来。"边说边用下巴指车内。

吉川遵命弯腰，轻盈地钻进了车厢。

"您回来啦。路上辛苦了。这是辰郎。"

辰郎口中说着"请多关照"，鞠躬致敬。

"啊，欢迎啊。"就说了这么一句，她便拄着手杖，"嘚嘚"快步走开了。

吉川肩扛着复员士兵才有的那种大包裹，从后边追了上去。

包裹里面装满了金刀比罗宫的特产，豆包、鱼糕、柴鱼花、红豆、酱熬海味，像在跑单帮。

"来，辰郎你吃。吉川你也带些回家。"

哲子报告说："阿辰明年要报考高中了。"

"哦，那么考上的话还得庆祝庆祝。我该多带些红豆回来的。"

她比预想的要和善得多。

然而打第二天起，家中的气氛为之一变。外祖母彻底控制了厨房，连边都不让哲子沾，将女佣支使得团团转。味噌汤咸得要命。一大清早就让人吃滚热的茶泡饭。声称自己是在东京平民区长大的，晚饭定在下午五点。等逸郎回家，在被炉边说话的时间长了一点，外祖母便要怒目圆睁，厉声斥骂："赶快睡觉去！打算闲扯到什么时候！"

她洗澡时总是在浴缸里面擦肥皂，弄得浴缸里脏不可耐。然而当女佣忘记擦拭走廊地板时，她便要蹲下身去自己擦拭，故意让女佣难堪，然后大喊大叫：“哎哟，累死我啦！给我叫按摩的来！”随后在太阳穴上贴块膏药，跟人怄气。

“别在意，她上了年纪。”哲子告诉辰郎。

然而逸郎为什么不好好说说她呢？辰郎感到不可理解。连辰郎都觉得，老太太是靠女婿养活，理所当然应夹着尾巴做人才是。然而她不开心时，连逸郎跟她打招呼，她也只是鼻子里哼一声，扭过脸去，理也不理。

“不就是有二三十个卡尺嘛，逞什么威风！”

“啊呀，不是卡尺，是卡车。”哲子说。

“什么？卡尺也好卡车也罢，还不都是一回事。反正是帮人家搬家、运行李的小工头。有什么好自以为是的！要不就是打算欺负老人喽？喔唷，了不起呀！尽管冲着我来好啦！”她喋喋不休地一口气说下来。

哲子立时泪水盈眶，躲进了茅房里。外祖母又恶狠狠地盯着辰郎。“你倒好像有话要说嘛！”

大年夜，去看电影《新兴城市》，没想到电影意外地长，回到家时已经十点半了。辰郎白天帮忙把漆器套盒、屠苏酒具拿出来备用，心想其他的归外祖母管辖，便没在意。吉川和逸郎公司里的人都来了。

事到临头才忽然开始大扫除。辰郎正呆呆地在一边观望，老太太气势汹汹地大吼：“你磨磨蹭蹭干什么？不会帮着搓搓抹布吗？从旁边硬挤进来，真够厚颜无耻的。”

起先辰郎还以为她是在说大扫除的事，细细一想，这好像是说他硬挤进这个家里来了！辰郎顿觉愤怒，更感悲伤。哲子大概是听见了这句话，过来搂着辰郎的肩膀安慰道："对不起。她这是一时气话，想到哪儿就说到哪儿，口无遮拦。"

辰郎并没觉得怎么样，泪水却不觉溢了出来。

"给人瞧见了可不好。到这里来。"

两间茅房，一间是来客用的，两人钻了进去。哲子伸手搂住辰郎，道："妈妈都是躲在这里哭。真奇怪，常听人说媳妇受婆婆的气，我这可是受自己亲娘的气。"

两人就这么待了一会儿。

"出去的时候，用这个水洗洗脸。瞧你，眼睛都红了。"哲子指着洗手盆说，"不脏，我也用它洗脸。"仿佛这是两人间的秘密。

洗手盆里的水结着薄冰，屋外的黑暗中，飞雪飘舞，远处的水井边传来手压水泵的声响。

其实哲子也不知该如何待辰郎。

第一次接到大伯子的来信，正是她刚刚得知不可能拥有亲生孩子的时候。对于收养跟丈夫有血缘关系、并且境遇悲惨的少年，她并无异议，然而听说他进过少管所，便有些犹豫不决。逸郎就辰郎的成绩品行询问了他读过四年的高津中学的老师，对方打包票说，上学期间无可非议，一切都是因为周围环境太糟糕了。逸郎很想拯救兄长的独苗，便告诉不太情愿的哲子：如果来之后，辰郎劣性不改，就解除收养关系，替他找个工作，便万事大吉了。

但辰郎出现在门口时，远比想象中高瘦，一副无依无靠的模样，哲子对少管所的嫌恶和恐惧顷刻间烟消雾散，勤快利落地照顾他，内心感到十分幸福。之前设想过多次，但当辰郎第一次喊她“妈妈”时，她竟若无其事地应了。后来一想，这也是两人之间没有隔阂的明证，因此无比高兴。然而随着彼此日渐亲密，她也日渐忧虑：这样做母亲究竟行不行？

“他毕竟见识过好多黑暗，性情难免乖僻。”

“钱包尽量不要放在醒目的地方。”

“要责骂的时候，就由我来。”

逸郎叮咛得十分仔细。然而辰郎非常老实，哲子一直将钱包放在和服的腰带背衬里，随身携带，可辰郎全无关心钱包的征兆。

不过，辰郎越是跟她亲，她越是留心，就越觉得焦虑不安。周围有好几位焦头烂额的母亲，她一直不曾生育，才能冷眼观望至今，有时羡慕，有时又想：养孩子好生麻烦呀！如今忽然念及此事，哲子不由得迷惘不已。

母亲松江十分溺爱哲子。父亲在日本桥开了一家店，专门制作外卖菜肴。丈夫贪好女色，松江便将一切都寄托在了哲子身上。

“这种好色之徒，总归不得好死。咱娘儿俩自己过！”

因为家境富裕，打哲子上小学起，就给她穿最时髦的衣服，学习各样技艺。前来提亲说媒的络绎不绝，松江却一一拒绝。昭和九年，父亲去世了。

“这种店干脆卖掉算了！”松江毫不惋惜地将店出让给了别人，意在找个官吏或者律师、医生，再不济也要找个不愁吃穿的男人做女婿。可女儿却跟因军需景气而时来运转的逸郎好上了。

得知此事，松江仿佛疯了一般，破口大骂。然而哲子誓死不肯分手。松江便去与逸郎谈判。

“我就这么一个独生女儿，好不容易拉扯大了。给你做媳妇也成，不过有个条件。反正我是个无依无靠的老太婆，不会狮子大开口，但是至少老了之后，你得给我一口饭吃。”

并写成协议书，让逸郎在大久保替她租了一座房子，还配上一个女佣。

“既然是你自己喜欢上的，那就随你的便。但婚礼我可不能给你办。”她愤愤不已地对哲子说。

但这正中下怀，夫妻俩亲亲热热地住在新潟，事事称心如意，唯一的缺憾就是没有孩子。

三月十日，东京平民区遭受空袭，松江表现出的刚强坚毅立马消失，逃来投靠哲子。她怀揣着那张片刻不离身的保证书，就这么稀里糊涂地赖了下来，还为所欲为地将这个家操纵于掌中。

“这样的男人算什么玩意儿！整天就知道干活、干活，连玩都不会！这就叫乡巴佬呀！”

自己有个爱招惹女人的老公，只好眼泪往肚里咽，可见识了逸郎的一身正气，却要刻意诋毁。什么木屐的品位、腰带的系法，她都要逐一拿去和曾诅咒他不得好死的老伴比较。逸郎不愧是统领莽汉粗人的男人，对她那骂街似的恶言恶语权当耳边风。

“如此精力充沛，看来暂且不会有生命危险。”他说道。

哲子高兴得几乎流泪。松江不识分寸，狂妄失礼，简直令人怀疑她是否真是哲子的母亲。可话虽如此，哲子却毫无责备松江的力气。

正月与二月，辰郎忙于准备考试，关在自己的西式房间里足不出户。哲子担心他深夜里肚子饿，想给他做碗粥吃。松江就在女佣房间的隔壁摊开床，睡在那儿，不知为何，只有这一点做得倒符合她食客的身份。厨房里稍有响动，她立刻便醒来，尖声喊叫：“是谁？是老鼠吗？”

无奈，哲子只能从库房里拿来红烧牛肉罐头或是美军的奶酪，藏在袖子里送到辰郎的房间里去。

“肚子饿了吧？吃点这个。”

门窗紧闭的室内，火盆熊熊，弥漫着煤球味，更强烈的是扑鼻而来的男人的体臭。哲子心慌意乱，心想，反正逸郎出席宴会去了，回来很晚，便决定一面等他回家，一面在这里照看阿辰。给他怀里揣个怀炉，脚下放个脚炉。

“还有什么事需要我做吗？”话一出口，哲子自己都吓了一跳——声音竟有些哽咽。

“妈妈，如果我考中了，你会给我贺礼吗？”

“那当然啦。我已经想好了。”

“是吗？是什么呢？”

“你猜猜看。那可是好东西哟。”

“是矿物吗？”

“不对。”

两人的话变成了眼下人气正旺的广播节目的腔调，都感到是在过家家一般。哲子其实压根儿没想好送什么贺礼，辰郎也并没有当真。

“我想要唱片。”

“啊哟，巧极了。”

“妈妈知道我喜欢什么唱片？”

“对啊。是不是肖邦？”

二人一唱一和。这下该辰郎回答了。他想逗她着急，便说：“肖邦也行啊，不过……”

“那么，是莫扎特？”

“其实是贝多芬的第九交响乐。”

“第九交响乐，就是《欢乐颂》嘛。”

辰郎记得四年级时的班主任曾经激励大家说：“超越痛苦，迈向欢乐！贝多芬的第九交响乐才真正是考生们的乐曲！”班主任寄来了辰郎修完四年的证明书以及密封的成绩证明书，便笺上写着：“各科成绩都给你写作优秀。好好加油！”

新制高中的插班考试中，智力测验是将“只一有鸡几共脚”这几个字，按照正确的顺序排列成文意通顺的句子。辰郎看出来了，这个句子是“鸡一共有几只脚”，却将脚和爪混淆了，拼命思考：一共有几只脚呢？好像鸡脚上还有一个叫“距”的东西，加上它的话，是四只还是五只？

这个问题模棱两可，辰郎一回到家便大声问：“鸡一共有几只脚？”

哲子吓了一跳。“鸡不是两只脚吗？”

辰郎恍然大悟，鸡脚自然是两只嘛，便慌了神。第一天就垂头丧气，结果影响了发挥，不及格，无颜见江东父老。

虽然旧制五年级他几乎没有怎么上课，但实际成绩居然获得了认可，辰郎最终插进了新制高中三年级。

哲子激励说：“好好学！争取考上东京大学！”

“哟嗬，照我看，凭着兵头家的血统，你就别瞎指望啦。”

外祖母的这番挑衅，他没放在心上。

经过一年的卧薪尝胆，辰郎再次理所当然地上学了。为报考旧制高中而付出的努力得到了回报，一年的散漫也没有造成太大的影响，成绩总在前十名之内。然而跟服装店汉子学来的五指技法却愈演愈烈，而且对象明确无误，就是哲子。如果是握在哲子那柔软的手中，哪怕是仅此而已，也一定会美妙甜蜜到极致。像那书中所描写的那样，哪怕仅仅是伏在她身上，大概也能获得同样的喜悦。射出来的东西就用枕巾或毛巾拭去。不久他在浴室里弄起来，想象着那如同云朵般浮起的东西被吸入哲子的体内。同时，辰郎心中又觉得哲子才是自己真正的母亲，打心底依赖亲近她，因此当清醒过来时，强烈的良心苛责与罪恶感便会袭上心头，令他无法正面注视逸郎的脸。

哲子和逸郎自然是睡在同一个房间的同一张床上。一天早晨，辰郎去拿昨天的早报，走进他们的卧室，伸手去取放在柜子上的报纸。逸郎慌忙跳起身来，但十分偶然地，辰郎已经先看见了报纸上面仿佛干花一般，紧粘着两个避孕套。逸郎立刻将它们藏进睡衣袖子里。辰郎假装没看见，拿着报纸回到房间，凝视着上面的痕迹，更觉得哲子的脸光彩夺目。

“阿辰，你是不是有痔疮啊？”哲子一天问，“你的衬裤上总是有便迹。”

辰郎无法告诉她真相，只好低头不语。

“跟你爸爸一样。他也是痔疮，一直涂一种叫‘黑墨鹭鸶’的药膏。让我看一看。”

“让你看？”

“怕什么呀！是给妈妈看呀。”哲子笑着说，转身就往浴室走去。

辰郎横下心来，趴了下去。哲子轻轻地把手放在辰郎的屁股上。“这是脱肛哟。你等一下。”忽然一个冰冷的东西触到了肛门，“洗过澡之后，应该这样按摩按摩哦。”不光是四周，指尖还进入了里面，另外的手指便碰上了睾丸。辰郎顿时有了反应。他顺势坐下，假装出痒不可支的模样，背对着哲子藏起来，匆忙穿上内裤。“得抓紧治好它。不然的话，那么脏，你媳妇要大吃一惊的。妈妈倒是早已习惯啦。”

媳妇？俺可不要什么媳妇。只要妈妈在身边就行了。只要能待在妈妈身边，别的什么都不要。他由衷地想着，却说不出口。

“阿辰想要什么样的媳妇？要不这事就交给妈妈好了，妈妈一定给你找个好媳妇。”哲子又想出了新的母子游戏。

“这种事情，我闹不懂。”

“是啊。才十七岁嘛。真好啊。妈妈已经三十六啦。”

外祖母是兼收并蓄，只要灵验，什么都信，隔天去一次教堂。

阎王不在，小鬼翻天，两人得以自由。

在学校里，辰郎也习惯了新潟方言。进入昭和二十三年之后，此地的粮食供给已经几乎与战前相同，唯有甜食点心缺乏。逸郎说配给的古巴糖里有螨虫，从各地收集了黑市糖，做点心之类的事交由哲子全权处理，所以常常有红豆年糕汤喝，很受辰郎同学的欢迎。辰郎带的便当就因为丰富被众人关注。他带着拍马屁的意思告诉了外祖母。

“那是当然啦。这可是咱的看家本事。”松江难得地一笑，更加大显身手，做了与观看歌舞伎时戏院提供的高级便当类似的饭食，左一层右一层，让辰郎带到学校去。

“兵头你是个财主嘛。”

小菜谁要就分给谁，还把同学带回家来，用吃食巩固友情。其中有那疯疯癫癫的，居然吃了一碗又一碗。

哲子是头一回遇到这种事，像个女学生似的欢天喜地，还开玩笑：要不用大海碗盛上来如何？辰郎在一旁看了，心烦意乱，妒火中烧。

去海边游泳时，大号点心盒里严严实实地塞满了紫菜饭团，跟从前远足时以及关在少管所里时生母买来的、只用一层薄纸随意包裹的紫菜卷寿司相比，简直有天壤之别。

连日到近在咫尺的寄居海滨去游泳。虽说是北国，可毕竟临海。似乎只有海平线上涌来的积雨云，形状与往日和爸爸一起去过的须磨和滨寺不同。爸爸尽管长得清瘦，却擅长自由泳，一不留神，他就游到了远处，头上包着手巾，身子忽隐忽现。这时辰郎便会觉得孤单害怕。忽然想起的这些往事，让辰郎深感怀念，生出恍如梦境之感。

“阿辰，给你照张相。”不知何时，哲子罕见地身着长裙，手撑阳伞，将照相机对准了这边。

哲子透过镜头望着辰郎那五尺七寸十六贯、完全晒成赤铜色的身躯，有些晕眩。

登上海滨附近茶馆的二楼，哲子撒娇般地说：“让妈妈给你揭掉晒脱的皮好吗？”她坐到辰郎背后，将一只手放到他肩上，捏住皮肤。

一种若有若无的皮肤被揭去的感觉一直沁入辰郎的肺腑。背部麻麻的，仿佛触了电。

哲子轻轻地揭起那晒得起泡、边缘翘起的皮肤，湿润的新皮先是呈现出粉红色，随即变成了与身子相同的颜色。她将揭下的皮仔细地贴在自己的手背上。须臾，自己的颈项和额头便湿漉漉地渗出了汗水。

新潟医科大学游艇部的一艘帆船，将白帆倾斜到了极致。佐渡岛从帆船后面鲜明地浮现出来。

辰郎跟同学说好暑期里要去佐渡岛旅游。但凡是辰郎的请求，衣物或图书之类，哲子从未拒绝过，然而这次，她没有立刻应许。

“这种事情，还是得问问你爸爸才行。”

辰郎颇为狼狈。“不不，那就算了。”他并非闹别扭，而是担心一旦遭到逸郎的拒绝，自己将无地自容。

“没关系。妈妈会好好跟爸爸说的。包在妈妈身上。”她像哄孩子一样说。

辰郎满心以为哲子无所不能，此时却觉得并非如此。不对，爸爸还是比我更宝贵。他感到莫名的寂寞。

佐渡之行很快获得了批准。可辰郎脑海里却生动地浮现出逸郎和哲子躲进卧室之后的情形来。

从两津穿过国仲平原，抵达相川，投宿在逸郎介绍的旅馆。晚上喝了酒，辰郎提心吊胆地小口抿着，却丝毫不醉。

一个人提议说："这儿有个窑子，咱去逛逛？"此人早已去新潟市内本町十四号街的红灯区玩过，是前辈。这一隅约莫有四家萧条的窑子，看着那些微露出面孔的女人，辰郎忽然意识到自己是在寻找面庞与哲子相似的女子。在前辈的命令下，辰郎稀里糊涂走了进去。对方是个年过三十的妓女，他突如其来地感到恐惧，担心染上性病，想起服装店的汉子，便要求她如法炮制，却遭到那女人的嘲弄："说啥蠢话！来啊。"随即像青蛙似的张开了双腿。游客用的扩音器吵吵嚷嚷地播放起了相川小调，女人伴着那节奏，不停地晃动着身体。

三夜四天的旅行原本不必写信，可是由于哲子再三叮咛，辰郎趁别人已睡熟，取出信笺，在旅馆枕边摊开来。然而，除却小学时作文课的作业，他不记得曾经写过信。而头一次有了体验，情绪无比兴奋，一心想对哲子撒娇，然而毕竟不敢秉笔直书，便用罗马字将哲子的名字写了满满一页纸，放在手边，又感到害怕，深更半夜投入了邮筒里。

“整天就知道玩，明年考试怎么办？要是再考不上，连爸爸都感到丢脸呐！”

回到新潟时，因为要准备河畔焰火大会而早早回家的逸郎口气严厉地说道。

“不会有问题的。”他以为这么斩钉截铁地回答，更像个男子汉。

“光耍嘴皮子可不行。”逸郎冷淡地说完，立刻外出，到船上接待县政府官员去了。

哲子就在旁边，却不相助。

“信被你爸爸看见了。”在起居室中，哲子只说了一句，见辰郎有些发呆，又说，“虽然他什么话也没说，却叫妈妈也要好好学习学习呢。”

辰郎觉得天旋地转，胸中悔恨之念汹涌澎湃，而这悔恨也是因为哲子。他怎么也没想到信会被逸郎看到。

他关在自己的房间里闭门不出，暮色降临，却连灯也不点。

外边突如其来地响起惊天动地的爆炸声，接着，半空中响起噼噼啪啪的炸裂声。一瞬间，辰郎还以为是空袭，赶快直起腰，旋即便明白了，这就是河畔焰火大会。以前就说好了，要在二楼晒衣台上观赏。焰火接二连三升起来。

“阿辰，吃饭啦。快点来吃饭。”外祖母喊道。

然而信并没有引发别的后果。逸郎很快又像从前一样，晚上很晚回家，走进还没睡觉的辰郎的房间，把宴会的礼物盒装点心送给他吃。哲子在睡衣外面披了件短上衣，送上酱油调味料。一家三口兴致勃勃地交谈一番，争辩到底是医学院好还是东京大学好。二人回卧室后，辰郎由于经历过相川那件事，暗忖：莫非哲子也会以那般的姿势来迎接逸郎？脑中栩栩如生地浮现出那种景象。他并非打算借酒浇愁，却将库房里的酒瓶子藏在书橱里，痛饮冷酒。喝着喝着，心情平静下来，这下又奔放地想象起自己如何侵犯哲子。辰郎有时还蹑手蹑脚地蹲在他们卧室旁边，竖着耳朵偷听里面有无动静。最后总是进入五指技法仪式，由于醉意和疲劳而沉沉睡去。第二天上学的时候回想起来，便会被强烈的自我嫌恶袭扰，心中涌起一股想向什么人倾诉的冲动。

这种冲动明里暗里始终缠绕着他。

秋天过半时，哲子的一位表姐来新潟游玩。第二天晚上，逸郎夫妇有事外出，外祖母睡觉早，于是对他说："阿辰，你领着客人到市内看看。"

辰郎陪着那女人逛了从谷小路到锅茶屋一带的餐饮街和白山神社。

"咱们休息一会儿吧。"那女人说。于是两人走进一家咖啡馆。双方原本就没有共同话题，只好谈谈对辰郎养父母家的印象。那女人刨根问底，问个不休。见她年近四十，一副老好人的表情，辰郎麻痹大意，糊里糊涂地流露出了真情。其实那原来也不是什么赤裸裸的恋情。"总之，我进过少管所，曾经变得十分冷漠。现在能够洗心革面，都多亏了妈妈。"

一开始，他心里不无算计，心想，当着这位和哲子有血缘关系的女人表示感激之情，这些话当然就能传到哲子的耳朵里去。

“是呀。一般人可做不到啊。哲子真了不起。”女人表示同感。

受其影响，辰郎也说道：“见到了现在的妈妈，我才觉得自己遇见了真正的妈妈。大阪的妈妈的确是我的生身母亲，不过她好像不具备做母亲的资格。”

辰郎也想显示一下自己成熟的一面，讲起悲惨的过去：“她待人很严厉，只顾自己好，不管别人。可现在的妈妈却总是为我着想。我也是，只要是为了妈妈，我什么都肯做。就好像那种……一想到妈妈，就幸福得会流出眼泪来。”

“辰郎你也很善良啊。正因为你是这样想的，所以哲子也把你当作自己亲生的孩子。”

“如果是这样，那就太好了。我常常想，等我毕业了，有了工作，就和妈妈一起到京都奈良去。正好现在这个季节是最漂亮的。”辰郎尽情地赞美哲子，还觉得意犹未尽。

女人早就看出他脸上是那种青年男子陶醉于谈论心仪的女子时特有的表情，故意引诱他畅所欲言，待一回到家，便趁着逸郎夫妇不在，立马告诉了外祖母：“阿姨，您可得当心点。跟哲子亲自然是好事，可他正处在棘手的年龄呀，要是生起非分之想……不，在我看来，只怕已不对头了。”

“这么说，是不是已经勾搭上了？”

“那还不至于吧。但要是不提醒哲子，只怕要出大事呢。”

“哼！从旁边硬挤进来的臭小子。”

女人的告密大概激发了松江对哲子的满腔火气，她便将女人的话加油添醋，告诉了逸郎。

女人返回东京之后，哲子板着面孔问辰郎："你跟那位姨妈说了什么没有？"

"什么意思？"面对面地，辰郎怎么好意思说出对那女人说过的那些话。

"妈妈挨你爸爸骂了。"

逸郎对于外祖母的话，仍采取充耳不闻的政策，可"勾搭上了""私通"之类露骨的话，他实在无法忍耐。

"别说了！"他破天荒头一回责怪了外祖母。养子与妻子之间的关系受到猜疑，令他悲哀，加之上次的那封信，他多少有点觉得辰郎忘恩负义，便将满腹怒气全部发泄在哲子身上。

望着眼睛哭得又红又肿、呆坐不动的哲子，辰郎说："我只不过告诉姨妈，全是亏了妈妈你，我才能够洗心革面。"

他意识到自己的确是因为胸中激情汹涌，盼望着对哲子倾诉爱意，才说出那样一番话，于是便缺乏指责那女人的底气，吞吞吐吐之间，泪水夺眶而出。

"我觉得自己是第一次遇到了妈妈，觉得你才是我真正的妈妈。"辰郎旁若无人地哭出声来，"我娘不能生育了，不能生育的女人不是妈妈！"他语无伦次地口吐怪言。

"哦？"哲子静静地抚摸着辰郎的后背，"也许真是这样。其实呀，咱们家的老太太也不能生育了。生下妈妈之后，做了手术。"

"你瞧，外婆也不是女人吧？"

"也许真是这样呢，你外公开始在外边找女人，也是在那之后。"

所以，外祖母才觉得哲子可恨，哪怕是自己亲生的孩子，只要是身体健全的女人，就觉得可恨。至少哲子没有孩子，这一点是她唯一的宽慰，但如今却来了个养子，甚至比亲生的孩子还要亲、还要爱慕母亲！看见哲子如此幸福，她妒火中烧。如果向女婿说女儿的坏话，恶意中伤她，就意味着卡自己的脖子。她尽管明白这个道理，却也不肯瞻前顾后，宁可跟女儿同归于尽，两败俱伤。

哲子忽然感到恐惧，瑟瑟发抖，不禁抱住了辰郎。辰郎感觉自己触摸到了真正的母亲，同时又像终于如愿以偿的男人一样，用嘴唇吸去顺着哲子面颊流下来的泪水，仿佛吸吮奶汁般吮着她放在肩头的手指。

“阿辰是妈妈的孩子。我是你妈妈呀，做什么都行，你尽管撒娇好了。”哲子声音哽咽地说。

辰郎不知所以，似乎是要从衣襟的结合之处寻找乳房似的，将脸蹭上去，身体也凑过去。两个人横倒下去时，却猛然被推开。转脸一看，外祖母昂首挺胸，直立在身后……

“娘死掉啦，爹逃掉啦，妹子跟流氓好上啦，俺也把好事弄糟啦。关在牢里焦心啦，想起那娘们儿焦心啦。啊，仆儿宝伊……”辰郎口中低声哼唱，走在海滨沙滩上。

大海泛黑，看不见佐渡岛的影子。辰郎再度披上了厚厚的硬壳，不再对来自外界的刺激作出反应，只要沙滩延续，便只管抬脚向前。他觉得，早在头一回看见那一望无际的雪原时，就已经知道事情会如此。

“啊，仆儿宝伊，仆儿宝伊。”说是唱，不如说是嘟哝。

人粪与焦土混杂的臭味，在海风中苏醒了。追寻着这臭味，他继续向前走去。

图书在版编目(CIP)数据

萤火虫之墓 /（日）野坂昭如著；施小炜译. -- 3版. -- 海口：南海出版公司，2022.8
ISBN 978-7-5442-9471-3

Ⅰ. ①萤… Ⅱ. ①野… ②施… Ⅲ. ①短篇小说－小说集－日本－现代 Ⅳ. ①I313.45

中国版本图书馆CIP数据核字(2018)第238552号

著作权合同登记号 图字：30-2012-039

萤火虫之墓
〔日〕野坂昭如 著
施小炜 译

出 版 南海出版公司 (0898)66568511
海口市海秀中路51号星华大厦五楼 邮编 570206
发 行 新经典发行有限公司
电话(010)68423599 邮箱 editor@readinglife.com
经 销 新华书店

责任编辑 翟明明
特邀编辑 贺 静 梁艺琼
装帧设计 李照祥
内文制作 田小波

印 刷 河北鹏润印刷有限公司
开 本 880毫米×1230毫米 1/32
印 张 8
字 数 196千
版 次 2009年2月第1版 2022年8月第3版
印 次 2022年8月第1次印刷
书 号 ISBN 978-7-5442-9471-3
定 价 45.00元